Glühwein mit Schuss

Klassische Weihnachtskrimis
Gesammelt und herausgegeben
von Sabine Prilop

Glühwein mit Schuss

Klassische Weihnachtskrimis

Gesammelt und herausgegeben
von Sabine Prilop

Artemis & Winkler

Mit Illustrationen von Thomas Brink

Die Deutsche Bibliothek verzeichnet diese Publikation
in der Deutschen Nationalbibliografie;
detaillierte bibliografische Daten sind im Internet unter
http://dnb.ddb.de abrufbar.

Umschlagmotiv: © Mauritius, Mittenwald
Umschlaggestaltung: dyadesign, Düsseldorf
Satz und Layout: Thomas Brink, Viersen
Druck und Bindung: Clausen & Bosse, Leck
ISBN 3-538-06975-1
www.patmos.de

Inhalt

Gefährlich glitzert der Stern

Gilbert Keith Chesterton · *Die Sternschnuppen* · 9

Dorothy L. Sayers · *Die Perlenkette* · 27
Eine Lord Peter Wimsey-Geschichte

Janet LaPierre · *Luminarias sind so schön weihnachtlich* · 41

Coup in der Christnacht

Egon Erwin Kisch · *Weihnachtsbescherung* · 59

Mary Higgins Clark · *Einmal Millionär sein* · 73

Fest der Liebe – Fest der Diebe

Patricia Highsmith · *Eine Uhr tickt zu Weihnachten* · 97

Anne Perry · *Das Weihnachtsgeschenk* · 117

Schöne Bescherung! Ihr Sherlock Holmes

Karel Čapek · *Die Spur* · 145

Sir Arthur Conan Doyle · *Der blaue Karfunkel* · 155

Quellenverzeichnis · 180

Gefährlich glitzert der Stern

Gilbert Keith Chesterton

Die Sternschnuppen

»Das schönste Verbrechen, das ich je begangen habe«, pflegte Fambeau zu sagen, als er zu Jahren gekommen und ungemein moralisch geworden war, »wurde durch ein eigenartiges Zusammentreffen auch zu meinem letzten. Ich verübte es zu Weihnachten. Als Künstler war ich immer bestrebt, meine Verbrechen der jeweiligen Jahreszeit oder der Landschaft, in der ich mich gerade befand, anzupassen, wobei ich für jede besondere Untat die besonders geeignete Terrasse oder einen bestimmten Garten auswählte, wie man das ja auch bei Statuen tut. Landedelleute sollte man nur in großen, holzgetäfelten Räumen betrügen; während wieder jüdische Finanziers sich plötzlich zu ihrer Überraschung im grellen Lichterglanz des Café Riche ohne einen Penny in der Tasche finden müßten. Wenn ich etwa in England einen Dekan von seinen weltlichen Gütern befreien wollte (was nicht so einfach ist, wie man annehmen könnte), wünschte ich – wenn Sie verstehen, was ich meine –, ihn in die grünen Rasenflächen oder die grauen Türme eines alten Bischofssitzes einzurahmen. Ebenso empfand ich künstlerische Befriedigung, wenn in Frankreich, nachdem ich einen reichen, bösartigen Bauern um sein Geld gebracht hatte (was nahezu unmöglich ist), sich sein empörtes Haupt von der dunklen Reihe beschnittener Pappeln und jenen feierlichen gallischen Ebenen abhob, über denen der mächtige Geist Millets ruht.

Nun, mein letztes Verbrechen war ein Weihnachtsverbrechen, ein fröhliches, gemütliches, englisches Mittelstandsverbrechen; ein Verbrechen, wie man es bei Charles Dickens findet. Ich beging es in einem soliden alten Bürgerhaus in der Nähe von Putney, einem Haus mit einer halbrunden Auffahrt, einem Stall und großem Garten, einem Haus mit sauber geschnitztem Namen an beiden Eingangstüren, einem Haus im Schatten eines seltsamen alten Baumes. Sie kennen ja diese Art Häuser. Ich glaube wirklich, ich habe Dickens' Stil geschickt und beinahe literarisch getroffen.

Eigentlich ein Jammer, daß ich noch am gleichen Abend in mich ging und meine Laufbahn aufgab.«

Flambeau pflegte dann die Geschichte von innen her aufzurollen, und selbst aus diesem Blickwinkel war sie sonderbar. Von außen betrachtet aber schien sie völlig unverständlich, und doch muß sie ein Fremder gerade von daher studieren. Und von diesem Standpunkt aus könnte man sagen, daß das Drama begann, als sich die Vordertür des Hauses nach dem Garten, in dem der seltsame Baum stand, öffnete und ein junges Mädchen mit Brot herauskam, um an diesem zweiten Weihnachtsnachmittag die Vögel zu füttern. Sie hatte ein hübsches Gesicht mit guten, braunen Augen; wie ihre Gestalt war, konnte man nicht einmal vermuten, denn sie war so tief in braune Pelze vermummt, daß es schwer festzustellen war, wo das Haar anfing und der Pelz aufhörte. Ohne ihr anziehendes Gesicht hätte man sie für einen netten kleinen Zottelbär halten können.

Der Winternachmittag war schon in leichte Abendröte getaucht, und auf den blumenlosen Beeten lag ein fast rubinrotes Licht, in dem die Geister der toten Rosen zu schweben schienen. An der einen Seite des Hauses stand der Stall, an der anderen führte eine Art Allee oder Kreuzgang von Lorbeer zu dem Garten dahinter. Nachdem die junge Dame Brotkrumen für die Vögel gestreut hatte (zum vierten oder fünften Male, da der Hund die Krumen immer wieder wegfraß), ging sie lässig den Lorbeerpfad hinunter zu der schimmernden Immergrünpflanzung, die dahinter lag. Hier stieß sie einen Laut der Überraschung aus – ob echt oder gespielt, war nicht ganz zu unterscheiden – und sah zu der hohen Gartenmauer empor, auf der rittlings eine etwas phantastische Figur saß. »Oh, springen Sie nicht herunter, Mr. Crook«, rief sie erschrocken, »es ist viel zu hoch.«

Die Person, die auf der Gartenmauer wie auf einem Luftroß ritt, war ein großer, ungelenker, junger Mann, dessen dunkles Haar wie eine Bürste hochstand, ein Mann mit gescheiten und charakteristischen Zügen, doch von blassem und beinahe fremdartigem Aussehen. Dieser Eindruck wurde durch eine herausfordernd rote Krawatte unterstrichen – offenbar der einzige Teil seiner Kleidung, auf den er Wert legte. Vielleicht war es ein Sinnbild. Unbekümmert um die ängstliche Bitte des Mädchens sprang er wie ein Grashüpfer neben ihr zu Boden, wobei er ganz gut die Beine hätte brechen können.

»Ich glaube, ich bin eigentlich zum Einbrecher bestimmt«, sagte er ruhig, »und zweifellos wäre ich auch einer, wenn ich nicht zufällig in dem hübschen Haus nebenan geboren wäre. Übrigens finde ich nichts Schlimmes an einem Einbrecher.«

»Wie können Sie nur so reden?« erwiderte sie vorwurfsvoll. »Nun«, antwortete der junge Mann, »wenn man auf der falschen Seite der Mauer zur Welt gekommen ist, muß man eben auf die richtige hinübersteigen.«

»Bei Ihnen weiß man nie, was Sie im nächsten Augenblick sagen oder tun werden.«

»Das weiß ich oft selbst nicht«, gab Mr. Crook zurück; »jedenfalls bin ich jetzt auf der richtigen Seite der Mauer.«

»Und wo ist die richtige Seite?« fragte die junge Dame lächelnd.

»Dort, wo Sie sind«, sagte der junge Mann namens Crook.

Als sie gemeinsam durch die Lorbeerbäume zum Vorgarten gingen, ertönte dreimal eine Autohupe, jedesmal etwas näher, und ein Wagen von beachtlicher Geschwindigkeit, großer Eleganz und blaßgrüner Farbe brauste wie ein Vogel bis zur Haustür und blieb dort zitternd stehen.

»Hallo, sieh mal an«, sagte der junge Mann mit der roten Krawatte, »da ist jemand auf der richtigen Seite geboren. Ich wußte gar nicht, Miss Adams, daß Sie über einen so modernen Weihnachtsmann verfügen.«

»Oh, das ist mein Pate, Sir Leopold Fischer. Er besucht uns immer am zweiten Feiertag.«

Dann, nach einer kleinen, unschuldigen Pause, die unbewußt einen Mangel an Begeisterung verriet, fügte Ruby Adams hinzu: »Er tut viel Gutes.«

John Crook, der Journalist, hatte von dem berühmten City-Magnaten gehört; und es war bestimmt nicht sein Fehler, wenn der City-Magnat noch nichts von ihm gehört hatte, denn in gewissen Artikeln des »Clarion« oder der

»Neuen Zeit« war Sir Leopold von ihm recht kräftig hergenommen worden. Doch er sagte nichts und beobachtete nur finster das Entladen des Autos, was beträchtliche Zeit in Anspruch nahm. Ein großer netter Chauffeur in Grün stieg vorne aus und ein kleiner netter Diener in Grau hinten, sie stellten Sir Leopold auf der Türschwelle ab und begannen ihn auszuwickeln wie ein besonders zerbrechliches und wertvolles Paket. Genügend Decken, um einen Basar auszustatten, Pelze von allen Tieren des Waldes und Shawls in sämtlichen Regenbogenfarben wurden nacheinander abgewickelt, bis sie etwas enthüllten, was einer menschlichen Gestalt ähnelte: einen freundlichen, jedoch ausländisch anmutenden alten Herrn mit grauem Ziegenbart und strahlendem Lächeln, der seine Pelzhandschuhe aneinander rieb. Lange bevor diese Enthüllung vollendet war, hatten sich die beiden großen Flügeltüren der Vorhalle geöffnet, und Oberst Adams (der Vater der bepelzten jungen Dame) war herausgekommen, um seinen berühmten Gast ins Haus zu bitten. Er war ein hochgewachsener, sonnenverbrannter und sehr schweigsamer Mann, der eine fezartige Hauskappe trug, was ihm das Aussehen eines englischen Sirdars oder ägyptischen Paschas verlieh. Mit ihm kam sein Schwager, der vor einiger Zeit aus Kanada zurückgekehrt war, ein kräftiger und etwas lärmender junger Grundbesitzer mit blondem Bart, der James Blount hieß. Danach erschien noch die recht belanglose Gestalt des Priesters der nahe gelegenen römisch-katholischen Kirche; denn die verstorbene Frau des Obersten war Katholikin gewesen, und wie es in solchen Fällen üblich ist, waren die Kinder im gleichen Glauben erzogen worden.
Nichts an dem Priester schien bemerkenswert, nicht einmal sein Name, der einfach Brown lautete; doch der Oberst war seltsamerweise der Ansicht, daß er irgendwie ein guter Gesellschafter sei, und lud ihn deshalb oft zu solchen Familientagen ein.

In der großen Vorhalle des Hauses war sogar für Sir Leopold und die

Beseitigung seiner letzten Hüllen genügend Raum. Portal, Vorraum und Halle waren im Verhältnis zum übrigen Haus ungewöhnlich breit und bildeten einen einzigen gewaltigen Raum, mit der Eingangstür am einen und dem Treppenaufgang am anderen Ende. Vor dem mächtigen Kaminfeuer der Halle, über dem der Säbel des Obersten hing, war die Prozedur endlich beendet, und die Gesellschaft, einschließlich des düsteren Crook, konnte Sir Leopold Fischer vorgestellt werden. Dieser ehrwürdige Kapitalist indessen schien noch immer mit Teilen seines Anzugs zu kämpfen und zog schließlich aus seiner innersten Gehrocktasche ein schwarzes, ovales Etui hervor, von dem er glückstrahlend erklärte, es sei das Weihnachtsgeschenk für sein Patenkind.

Mit kindlichem Stolz, der etwas Entwaffnendes an sich hatte, hielt er den anderen das Etui hin; ein leichter Druck, es sprang auf, und alle standen wie geblendet. Es war, als ob eine Kristallfontäne vor ihren Augen emporgeschossen sei. In einem Nest aus orangefarbenem Samt lagen wie drei Eier drei weiße, feurige Diamanten, welche die Luft ringsum in Brand zu setzen schienen. Fischer strahlte in lächelnder Befriedigung und berauschte sich an der Verblüffung und dem Entzücken des Mädchens, an der grimmigen Bewunderung und dem bärbeißigen Dank des Obersten, an dem Erstaunen der ganzen Gruppe.

»Ich werde sie wieder wegstecken, Liebling«, sagte Fischer und beförderte das Etui in seinen Rockschoß zurück. »Ich mußte gut darauf aufpassen, als ich hergefahren bin. Es sind die drei afrikanischen Diamanten, die man ›Sternschnuppen‹ nennt, so oft sind sie schon gestohlen worden! Alle großen Verbrecher sind hinter ihnen her, aber selbst die einfachen Leute von der Straße und in den Hotels hätten kaum die Finger davonlassen können, wenn ich sie unterwegs verloren hätte.«

»Was ich nur natürlich fände«, brummte der Mann mit der roten Krawatte. »Ich würde die Leute nicht tadeln, wenn sie sie genommen hätten. Wenn sie um Brot bitten und nicht einmal einen Stein bekommen, können sie sich den Stein ruhig selber nehmen, finde ich.«

»Ich mag es nicht, daß Sie so reden«, rief das Mädchen in seltsamer Erregung. »Seit Sie so ein schrecklicher – ich weiß nicht, was – geworden sind, sprechen Sie nur noch so. Sie wissen schon, was ich meine. Wie nennt man doch einen Mann, der auch einen Kaminkehrer brüderlich umarmen würde?«

»Einen Heiligen«, sagte Pater Brown.

»Ich glaube eher«, bemerkte Sir Leopold mit herablassendem Lächeln, »daß Ruby einen Sozialisten meint.«

»Jemand, der von Radieschen lebt, ist deshalb noch kein Radikaler«, rief Crook heftig; »und wer Konserven vorzieht, muß noch kein Konservativer sein. Ebensowenig ist ein Sozialist ein Mensch, der mit einem Kaminkehrer sozial verkehren möchte. Unter einen Sozialisten versteht man einen Mann, der fordert, daß alle Kamine gekehrt und alle Kaminkehrer dafür bezahlt werden.«

»Der Ihnen aber nicht erlauben würde«, warf der Priester mit leiser Stimme ein, »daß Ihnen Ihr eigener Ruß gehört.«

Crook sah ihn interessiert, ja fast respektvoll an. »Möchte denn irgend jemand Ruß besitzen?« fragte er.

»Es könnte schon sein«, antwortete Brown nachdenklich. »Ich habe gehört, daß Gärtner ihn gebrauchen. Und einmal machte ich Weihnachten sechs Kinder glücklich, nur mit Ruß, äußerlich angewendet, als der Weihnachtsmann nicht erschien.«

»Oh, großartig«, rief Ruby. »Ich wünschte, Sie würden es uns heute vormachen.«

Mr. Blount, der geräuschvolle Kanadier, spendete diesem Vorschlag mit lauter Stimme Beifall, und auch der Finanzmann ließ die seinige vernehmen, allerdings durchaus mißbilligend. In diesem Augenblick klopfte es an der vorderen Doppeltür. Der Priester öffnete, und wieder sah man den Vorgarten mit seinem Immergrün, dem hohen alten Baum und allem übrigen; dunkel hob sich jetzt der Garten von einem prächtigen violetten Sonnenuntergang ab. Und die solcherart eingerahmte Szene war so farbenprächtig, so seltsam wie der Hintergrund einer Bühne, daß niemand im Augenblick die unscheinbare Gestalt vor der Tür bemerkte. Es war ein ganz gewöhnlicher Bote, der ein wenig mitgenommen aussah und in einem abgetragenen Mantel steckte.

»Ist jemand von den Herren Mr. Blount?« fragte er und wies unschlüssig einen Brief vor. Mr. Blount hörte mit seinen Begeisterungsrufen auf und griff nach dem Briefumschlag. Offensichtlich überrascht, riß er ihn auf und las; sein Gesicht bewölkte sich ein wenig, heiterte sich aber gleich wieder auf, als er sich an seinen Schwager und Gastgeber wandte. »Tut mir leid, Schwager, daß ich dir so viele Ungelegenheiten verursache«, entschuldigte er sich in der fröhlich konventionellen Art der Koloniebewohner, »aber würde es dich sehr stören, wenn mich ein alter Bekannter heute abend hier geschäftlich besucht? Es ist Florian, der bekannte französische Knockabout-Komiker; ich habe ihn vor Jahren drüben im Westen kennengelernt (er ist französischer Kanadier von Geburt), und er scheint eine berufliche Sache mit mir vorzuhaben, obgleich ich mir kaum vorstellen kann, was es ist.«

»Natürlich«, erwiderte der Oberst. »Mein lieber Junge, jeder deiner Freunde ist willkommen. Zweifellos wird er eine Bereicherung unseres Abends bedeuten.«

»Der wird sein Gesicht schwarz anmalen, wenn du das meinst«, rief Blount lachend. »Er kann es auch weiß machen, und ich bin sicher, er wird euch allen etwas weismachen. Ich bin allerdings mehr für die alte, lustige Pantomime, wo sich ein Mann auf seinen Zylinder setzt.«

»Bitte nicht auf meinen«, sagte Sir Leopold Fischer würdevoll.

»Immerhin«, bemerkte Crook leichthin, »es gibt billigere Späße, als sich auf einen Hut zu setzen.«

Der rotbeschlipste Jüngling, seine anarchistischen Anschauungen und seine offensichtliche Vertraulichkeit mit dem hübschen Patenkind mißfielen Fischer mehr und mehr; das verleitete ihn, in höchst sarkastisch schulmeisterhafter Art zu erwidern: »Ohne Zweifel haben Sie etwas entdeckt, was noch läppischer ist als das Sitzen auf einem Zylinder.«

»Gewiß, wenn man zum Beispiel den Zylinder auf sich sitzen läßt«, sagte der Sozialist.

»Genug, genug«, rief der kanadische Farmer mit lärmender Gutmütigkeit dazwischen, »wir wollen uns den netten Abend doch nicht verderben! ich bin dafür, daß wir heute abend etwas wirklich Amüsantes anstellen. Nicht Gesichter schwärzen oder auf Hüten sitzen, wenn Ihnen das nicht gefällt – aber irgend etwas anderes in der Art. Weshalb führen

wir nicht eine richtige altenglische Pantomime auf – Clown, Columbine und alles übrige? Als ich England mit zwölf Jahren verließ, habe ich eine gesehen, und die hat seitdem in meinem Geist wie ein Freudenfeuer geleuchtet. Erst voriges Jahr bin ich hierher zurückgekehrt und fand den Brauch der alten Pantomime erloschen. Ich wünsche mir eine rotglühende Feuerzange und einen Polizisten, aus dem man Kleinholz macht, und statt dessen bietet man mir Prinzessinnen, die bei Mondschein Moral predigen. Blaue Vögel und dergleichen! Blaubart wäre mehr in meiner Richtung, und ich fand immer am nettesten, wie er sich in den Hanswurst verwandelte.«

»Ich bin sehr dafür, aus dem Polizisten Kleinholz zu machen«, sagte John Crook. »Es ist eine bessere Definition des Sozialismus als alle vorher gegebenen ... Aber die Improvisation einer altenglischen Pantomime ist höchstwahrscheinlich sehr schwierig.«

»Nicht die Spur«, rief Blount, nun völlig hingerissen. »Eine Hanswurstiade läßt sich am allerleichtesten aufführen, aus zwei Gründen. Erstens kann man eben sehr viel improvisieren, und zweitens braucht man eigentlich nur Dinge aus dem Haushalt – Tische und Handtuchhalter und Waschkörbe und solche Sachen.«

»Stimmt«, bestätigte Crook, nickte eifrig und ging auf und ab. »Ich fürchte nur, ich kann keine Polizistenuniform auftreiben. In der letzten Zeit habe ich keinen Polizisten umgebracht.« Blount runzelte eine Weile nachdenklich die Stirn, dann schlug er sich auf die Schenkel und rief: »Doch, wir können. Ich habe Florians Adresse, und er kennt jeden Maskenverleiher in London. Ich will ihn anrufen, er soll eine Uniform mitbringen.« Und entschlossen ging er zum Telefon.

»Oh, das wird lustig, Pate«, rief Ruby und tanzte fast vor Begeisterung. »Ich werde Columbine sein und du der Hanswurst.« »Ich glaube, Liebling, du mußt dir einen anderen Hanswurst suchen«, sagte der Millionär steif und fast mit heidnischer Würde. »Wenn du willst, spiele ich den Hanswurst«, sagte Oberst Adams, der damit zum ersten und letzten Male zu diesem Thema sprach, und nahm die Zigarre aus dem Mund.

»Du verdienst ein Denkmal«, rief der Kanadier, der eben strahlend vom Telefon zurückkam. »Jetzt haben wir alles beisammen. Mr. Crook kann der Clown sein; als Journalist kennt er alle abgedroschenen Witze. Ich kann Harlekin sein, dazu braucht man nur lange Beine und muß herumhopsen können. Mein Freund Florian bringt die Polizistenuniform mit und zieht sich schon unterwegs um. Wir können gleich hier in der Halle spielen, die Zuschauer haben auf den Treppenstufen Platz, eine Reihe über der anderen. Die Vordertüren bilden den Hindergrund, offen wie geschlossen. Geschlossen sieht man das Innere eines englischen Hauses, offen einen Garten im Mondschein. Alles klappt wie durch Zauberei.«

Er holte ein Stück Billardkreide heraus, das er zufällig in der Tasche hatte, lief durch die Halle und zog zwischen Eingangstür und Treppe die Linie für die Rampenlichter.

Wie selbst eine so improvisierte Veranstaltung rechtzeitig fertig werden konnte, war rätselhaft. Aber sie gingen mit jenem unbekümmerten Eifer daran, den man findet, wenn junge Leute im Haus sind; und Leidenschaft der Jugend war da, wenn sich auch nicht alle über die beiden Gesichter und Herzen, in denen sie brannte, im klaren waren. Wie es immer so geht, führte gerade das sonst überzahme bourgeoise Milieu zu immer tolleren Einfällen. Columbine sah reizend aus in ihrem abstehenden Rock, der eine verdächtige Ähnlichkeit mit dem Lampenschirm aus dem Wohnzimmer hatte. Clown und Hanswurst puderten sich mit Mehl aus der Küche, und die rote Farbe lieferte irgendein anderer Dienstbote, der wie alle wahrhaft christlichen Wohltäter ungenannt bleiben soll. Der Harlekin, mit Silberpapier aus alten Zigarrenkisten bekleidet, konnte nur mit Mühe davon abgehalten werden, den alten viktorianischen Kronleuchter zu plündern, um sich mit den Kristallstücken zu schmücken. Und er hätte es auch getan, wenn Ruby nicht irgendwo ein paar vergessene Theaterjuwelen ausgegraben hätte, die sie einmal auf einem Maskenball als Diamantenkönigin getragen hatte. Ihr Onkel, James Blount, war vor Spielfreude tatsächlich fast aus dem Häuschen; er war wie ein Schuljunge. Dem Pater Brown setzte er heimlich einen papiernen Eselskopf auf, den dieser geduldig trug; ja, der Priester enthüllte dabei noch die private Fähigkeit, mit den Ohren zu wackeln. Blount versuchte sogar, Sir Leopold Fischer einen Papierschwanz an die Rockschöße zu stecken, was allerdings stirnrunzelnd abgelehnt wurde.

»Onkel ist zu verrückt«, rief Ruby Crook zu, um dessen Schultern sie mit großem Ernst einen Kranz Würste geschlungen hatte. »Warum benimmt er sich so wild?«

»Der richtige Harlekin zu Ihrer Columbine«, erwiderte Crook. »Ich bin nur der Clown, der die alten Späße macht.«

»Ich wünschte, Sie wären der Harlekin«, sagte sie und schwang den Wurstkranz.

Obwohl Pater Brown jede Einzelheit, die hinter der Bühne vorbereitet wurde, kannte und durch die Verwandlung eines Kissens in ein Pantomimenbaby sogar selbst Beifall geerntet hatte, begab er sich doch in den Zuschauerraum und setzte sich mit all der feierlichen Erwartung eines Kindes, das zum erstenmal ins Theater geht, unter das Publikum. Es gab nur wenige Zuschauer; ein paar Freunde und Bekannte aus dem Ort und die Dienstboten. Sir Leopold Fischer saß in der Mitte, und seine breite Gestalt mit dem Pelz, den er immer noch um den Hals hängen hatte, nahm dem kleinen Geistlichen hinter ihm fast ganz die Aussicht, doch ist von keinem Kunstausschuß festgestellt worden, ob ihm dadurch viel entging. Die Pantomime war äußerst chaotisch, doch nicht zu verachten; sie war erfüllt von wilder Improvisation, die hauptsächlich von Crook, dem Clown, ausging. Er war auch sonst ein gescheiter Mann, aber an diesem Abend war er von so phantastischer Allwissenheit erfüllt, von einer die Welt an Weisheit überflügelnden Narrheit, wie sie einen jungen Mann überkommt, der für einen Augenblick einen bestimmten Ausdruck auf einem bestimmten Gesicht erblickt hat. Eigentlich sollte er nur den Clown spielen, in Wirklichkeit aber war er beinahe alles andere auch, der Autor (soweit von einem solchen die Rede sein konnte), der Souffleur, der Bühnenbildner, der Regisseur und vor allem das Orchester. Mitten in der zügellosen Vorstellung wirbelte er im Kostüm ans Klavier und hämmerte ein verrücktes, passendes Musikstück herunter.

Höhepunkt der Pantomime und überhaupt des ganzen Abends war der Augenblick, als die Flügeltüren im Hintergrund der Bühne aufflogen und den lieblich vom Mond überfluteten Garten zeigten, doch noch deutlicher den berühmten Künstler und Gast – den großen Florian, als Polizisten verkleidet. Der Clown am Klavier spielte den Schutzmannchor aus den »Piraten von Penzance«, doch er ertrank in dem betäubenden Beifall, denn jede Bewegung des großen Komikers war eine wundervolle, nicht übertriebene Darstellung des Auftretens und Benehmens eines wirklichen Polizisten. Der Harlekin sprang auf ihn los und hieb ihn auf den Helm; der Pianist spielte: »Wo hast du denn die schönen blauen Augen her?«, der Polizist blickte sich in wunderbar gemimtem Staunen um, dann versetzte ihm der Harlekin noch einen Schlag (während der Pianist mit ein paar Takten von »Immer mal wieder« nachhalf). Dann warf sich der Harlekin dem Polizisten direkt in die Arme und fiel unter tosendem Beifall auf ihn drauf. An dieser Stelle gab der fremde Schauspieler jene berühmte Darstellung eines Toten zum besten, von der man sich in Putney noch heute erzählt. Es schien fast unglaublich, daß ein lebender Mensch so blaß und benommen aussehen konnte.

Der athletische Harlekin warf ihn wie einen Mehlsack hin und her oder schwang ihn wie eine indische Keule, während gleichzeitig die passendsten und unpassendsten Melodien vom Klavier her ertönten. Als der Harlekin den komischen Polizisten keuchend vom Boden aufhob, spielte der Clown: »Reich mir die Hand, mein Leben.« Als er ihn den Rücken herunterrutschen ließ, »Ich bin nur ein armer Wandergesell«, und als der Harlekin schließlich den Schutzmann mit einem sehr überzeugenden Plumps fallen ließ, schlug der Verrückte am Klavier ein wirbelndes Tempo an, begleitet von ein paar Worten, die klangen wie: »Ich schickte meiner Liebsten einen Brief, doch unterwegs verlor ich ihn.«

Etwa bei diesem Höhepunkt geistiger Anarchie verdunkelte sich Pater Browns Aussicht vollständig; denn der City-Magnat vor ihm erhob sich zu voller Höhe und suchte mit den Händen in allen seinen Taschen herum. Dann setzte er sich, noch immer nervös kramend, wieder hin, um gleich wieder aufzustehen. Einen Augenblick lang schien es, als wolle er allen Ernstes über die Rampenlichter steigen; dann warf er einen durchdringenden Blick auf den klavierspielenden Clown und stürzte ohne ein Wort zu sprechen aus dem Raum.

Der Priester sah noch ein paar Minuten länger dem tollen, aber nicht ungewandten Kriegstanz des Harlekins um sein herrlich bewußtloses Opfer zu. Mit wirklicher, wenn auch etwas primitiver Kunst tanzte der Harlekin langsam zur Tür hinaus in den Garten, der voller Mondlicht und Frieden war. Das aus Silberpapier zusammengekleisterte Kostüm, das im Schein der Lichter zu grell gewirkt hatte, sah nun weitaus zauberhafter und silberner aus, als er im blassen Schimmer des Mondes davontanzte. Das Publikum klatschte begeistert. Plötzlich wurde Pater Brown heftig am Arm ergriffen und flüsternd in das Arbeitszimmer des Obersten gebeten.

Er folgte dieser Aufforderung mit wachsender Besorgnis, die nicht einmal durch die feierliche Komik der Szene im Arbeitszimmer zerstreut wurde. Dort saß Oberst Adams, immer noch unverändert als Hanswurst verkleidet, dem das knochige Walbein über der Stirn tanzte, doch seine armen, alten Augen blickten traurig drein in dem Gefühl, ein Spielverderber sein zu müssen. Sir Leopold Fischer lehnte am Kaminsims und trug alle Anzeichen des Entsetzens an sich. »Es ist eine sehr peinliche Geschichte, Pater Brown«, begann Adams. »Um mich kurz zu fassen: Die Diamanten, die wir alle heute nachmittag gesehen haben, sind aus dem Rockschoß meines Freundes verschwunden. Und da Sie –«

»Da ich«, ergänzte Pater Brown mit breitem Grinsen, »genau hinter ihm saß –«

»Nichts dergleichen soll angedeutet werden«, fiel Oberst Adams mit einem festen Blick auf Fischer ein, dessen Augen eher bestätigten, daß etwas Ähnliches angedeutet worden war. »Ich bitte Sie nur um den Beistand, den mir jeder Ehrenmann geben würde.«

»Nämlich, daß er seine Taschen umkehrt«, sagte Pater Brown und fing gleich damit an, wobei ein paar Kupfermünzen, eine Rückfahrkarte, ein kleines silbernes Kruzifix, ein schmales Brevier und ein Stück Schokolade zum Vorschein kamen.

Der Oberst betrachtete ihn lange und sagte dann: »Wissen Sie, ich würde lieber den Inhalt Ihres Kopfes als den Ihrer Taschen kennenlernen. Meine Tochter gehört zu Ihren Glaubensgenossen; nun, sie hat vor kurzem –«, und er stockte.

»Sie hat vor kurzem«, rief der alte Fischer dazwischen, »ihres Vaters Haus einem halsabschneiderischen Sozialisten geöffnet, der ohne Scheu erklärt, er würde von einem Reicheren alles stehlen. Das ist das Ende der Sache. Denn hier haben wir den Reicheren – und jetzt doch um nichts reicheren.«

»Wenn Sie der Inhalt meines Kopfes interessiert, den können Sie haben«, sagte Pater Brown etwas müde. »Was er wert ist, können Sie mir später erzählen. Doch das erste, was ich in diesem nicht sehr bedeutenden Kopf finde, ist dies: Männer, die Diamanten stehlen wollen, sprechen nicht über Sozialismus. Sie neigen eher dazu«, fügte er ernsthaft hinzu, »ihn anzuklagen.« Die andern beiden sahen grimmig drein, und der Priester fuhr fort: »Wir kennen ja solche Leute mehr oder weniger. Dieser Sozialist würde ebensowenig einen Diamanten stehlen wie eine Pyramide. Nein. Wir müssen sofort nach dem einzigen Mann sehen, den wir nicht kennen. Und das ist der Bursche, der den Schutzmann spielte – Florian. Ich wüßte gern, wo er in diesem Augenblick steckt.«

Der Hanswurst sprang auf und ging mit langen Schritten aus dem Zimmer. Eine Pause folgte, während der Millionär den Priester anstarrte und der Priester sein Brevier; dann kam der Hanswurst zurück und berichtete mit abgehackter Würde: »Der Schutzmann liegt noch immer auf der Bühne. Der Vorhang ist schon sechsmal auf- und niedergegangen, aber er liegt noch immer dort.« Pater Brown ließ sein Buch sinken und stand da, ein Bild völliger geistiger Niederlage. Nur sehr langsam flackerte Erkenntnis in seinen grauen Augen auf; und dann stellte er eine völlig absurde Frage: »Bitte, verzeihen Sie, Oberst, aber wann ist Ihre Frau gestorben?«

»Meine Frau!«, wiederholte der Oberst verblüfft. »Vor einem Jahr und zwei Monaten. Ihr Bruder James kam leider eine Woche zu spät und konnte sie nicht mehr sehen.«

Der kleine Priester machte einen Sprung wie ein angeschossenes Kaninchen. »Vorwärts!« rief er in ungewöhnlicher Erregung. »Vorwärts! Wir müssen uns um diesen Schutzmann kümmern!« Sie eilten durch den Vorhang auf die Bühne, drängten sich roh zwischen Columbine und Clown (die sehr befriedigt miteinander zu flüstern schienen), und Pater Brown beugte sich über den am Boden liegenden, komischen Schutzmann.

»Chloroform«, sagte er, als er aufstand; »es fiel mir eben erst ein.« Ein erschrecktes Schweigen war die Antwort, und dann sagte der Oberst langsam: »Bitte, erklären Sie uns doch genau, was das alles bedeutet.«

Pater Brown schüttelte sich vor Lachen, dann hielt er inne und kämpfte nur noch einmal dagegen an, während er weitersprach.

»Meine Herren«, keuchte er, »wir haben nicht viel Zeit zum Reden. Ich muß dem Verbrecher nachlaufen. Doch dieser große französische Schauspieler, der so überzeugend den Schutzmann gespielt hat – dessen Körper der Harlekin geschaukelt und herumgewälzt und herumgeworfen hat –, der war –« Die Stimme versagte ihm, und er drehte ihnen den Rücken zu.

»Der war was?« fragte Fischer streng.

»Ein wirklicher Schutzmann«, sagte Pater Brown und verschwand im Dunkel.

Am Ende des dichtbewachsenen Gartens gab es Hecken und Lauben, deren Lorbeer und immergrünes Buschwerk sich sogar jetzt im tiefsten Winter von dem Saphirhimmel und dem Silbermond in warmen, südlichen Farbtönen abhoben. Das freundliche Grün des sich wiegenden Lorbeers, das satte Purpurindigo der Nacht, der einem riesigen Kristall ähnelnde Mond ergaben ein fast unverantwortlich romantisches Bild. Und zwischen den höchsten Zweigen der Bäume klettert eine seltsame Gestalt, die weniger romantisch als völlig phantastisch wirkt. Sie glitzert von Kopf bis Fuß, als wäre sie mit zehn Millionen Monden bekleidet; bei jeder Bewegung fällt das echte Mondlicht auf sie und setzt einen neuen Fleck an ihr in Feuer. Aber funkelnd und gewandt schwingt sie sich von den niedrigen Bäumen des Gartens zu den höheren, und sie hält nur einen Augenblick inne, weil ein Schatten unter den kleineren Bäumen dahingeglitten ist und unverkennbar zu ihr hinaufgerufen hat.

»Ja, Flambeau«, sagte die Stimme, »Sie sehen wirklich wie eine Sternschnuppe, aus aber im Grunde versteht man darunter immer einen fallenden Stern.«

Die silberne, glitzernde Gestalt oben scheint sich über den Lorbeer zu neigen, und da sie ohnehin leicht entkommen kann, hört sie der kleinen Gestalt unten zu.

»Sie haben niemals Besseres geleistet, Flambeau. Es war eine kluge Idee, aus Kanada zu kommen (vermutlich mit einem Pariser Billett), genau eine Woche nach Mrs. Adams Tod, als keiner in der Stimmung war, Fragen zu stellen. Noch klüger war es, sich die Sternschnuppen und den Tag von Fischers Ankunft vorzumerken. Aber es war nicht nur Klugheit, sondern wirkliches Genie in dem, was dann folgte. Der Diebstahl der Steine war wohl keine Kunst für Sie. Sie hätten es durch einen Taschenspielertrick auf hundert andere Arten fertiggebracht, auch wenn Sie nicht vorgegeben hätten, einen Papierschwanz an Fischers Rock zu heften. In allem übrigen aber haben Sie sich selbst übertroffen.«

Die silberne Gestalt im Grün der Blätter scheint wie hypnotisiert zu zögern, obwohl die Flucht nach rückwärts ganz einfach ist; sie starrt auf den Mann dort unten.

»O ja«, fuhr der Mann dort unten fort, »ich kenne die ganze Geschichte. Ich weiß, Sie haben die Pantomime nicht nur angeregt und durchgesetzt, sondern sie zu einem doppelten Zweck benutzt. Sie haben in aller Ruhe die Steine gestohlen; dann erfahren Sie von einem Komplizen, daß Sie verdächtigt werden und ein tüchtiger Polizeioffizier bereits unterwegs ist, um Sie noch am gleichen Abend zu verhaften. Ein gewöhnlicher Dieb wäre für die Warnung dankbar gewesen und hätte sich aus dem Staub gemacht; doch Sie sind ein Dichter. Sie waren bereits auf die Idee verfallen, die Diamanten im Glanz der falschen Theaterjuwelen Ihres Kostüms zu verbergen. Nun begreifen Sie, daß zum Gewand eines Harlekins das Erscheinen eines Polizisten recht gut passen würde. Der brave Offizier kam von der Polizeiwache in Putney, um Sie festzunehmen, und geriet in die merkwürdigste Falle, die je in dieser Welt gestellt worden ist. Als sich die Flügeltüren des Hauses öffneten, marschierte er direkt auf die Bühne einer Weihnachtspantomime, wo er von dem tanzenden Harlekin unter dem schallenden Gelächter aller ehrenwerten Leute von Putney geschlagen, gestoßen, herumgewirbelt und betäubt werden konnte. Oh, Sie werden nie mehr etwas Besseres leisten! Und jetzt könnten Sie mir eigentlich diese Diamanten zurückgeben.« Der grüne Zweig, auf dem die glitzernde Gestalt schaukelte, raschelte wie in Erstaunen; doch die Stimme fuhr fort. »Ich möchte wirklich, daß Sie sie zurückgeben, Flambeau, und ich möchte auch, daß Sie dieses Leben aufgeben. Noch steckt Jugend, Ehrgefühl und Humor in Ihnen; bilden Sie sich nicht ein, die würden bei diesem Gewerbe lange vorhalten. Man kann sich vielleicht auf einer gewissen Stufe des Guten halten, doch beim Bösen hat das noch kein Mensch vermocht. Dort führt der Weg nur immer weiter abwärts. Ein freundlicher Mensch trinkt und wird grausam; ein aufrichtiger Mensch tötet und leugnet es ab. Ich habe manchen gekannt, der gleich Ihnen damit anfing, ein ehrbarer Gesetzesverächter zu sein, der munter nur die Reichen beraubte und damit endete, daß er im Schlamm erstickte. Maurice Blum begann als überzeugter Anarchist, ein Vater der Armen; er endete als schäbiger Spion und Angeber, den beide Seiten ausnützten und verachteten. Harry Burke gründete seine Bewegung zur Beseitigung des Geldes reinen Herzens; jetzt schmarotzt er bei seiner halbverhungerten Schwester und bettelt um endlose Schnäpse. Lord Amber begab sich gewissermaßen aus Ritterlichkeit in eine wüste Gesellschaft; jetzt läßt er sich von den übelsten Geiern Londons erpressen. Hauptmann Barillon war der große Gentleman-Verbrecher vor Ihrer Zeit; er starb im Irrenhaus, heulend in Angst vor den Spitzeln und Hehlern, die ihn betrogen und zu Tode gehetzt haben. Ich weiß, Flambeau, die Wälder hinter Ihnen sehen offen und grenzenlos aus; ich weiß, Sie können im Nu wie ein Affe darin verschwinden. Aber eines Tages, Flambeau, werden Sie ein alter grauer Affe sein. Sie werden auf Ihrem Baum im Wald sitzen mit kaltem Herzen und dem Tode nahe, und die Baumwipfel werden sehr kahl sein.«

Alles blieb still, als wenn der kleine Mann unten den anderen auf dem Baum an einer langen, unsichtbaren Leine hielte; und er fuhr fort:

»Ihr Abstieg hat bereits begonnen. Sie haben sich immer gerühmt, nichts Gemeines zu tun, aber heute abend tun Sie etwas Gemeines. Sie bringen einen ehrlichen Jungen, gegen den sowieso schon einiges spricht, noch mehr in Verdacht; Sie trennen ihn von der Frau, die er liebt und die ihn liebt. Und Sie werden noch gemeinere Dinge tun, ehe Sie sterben.«

Drei funkelnde Diamanten fielen vom Baum auf den Rasen. Der kleine Mann bückte sich, um sie aufzuheben, und als er wieder zu dem grünen Gitterwerk des Baumes emporblickte, war der silberne Vogel fort. Die Rückgabe der Schmuckstücke (die ausgerechnet der kurzsichtige Pater Brown zufällig aufgelesen hatte) beschloß den Abend mit ungeheurem Triumph; und Sir Leopold Fischer, in strahlendster Laune, versicherte dem Priester sogar, er selbst sei natürlich. viel aufgeschlossener für alles in der Welt, aber dennoch könne er jene achten, deren Glaube sie zu Abgeschlossenheit und Weltfremdheit verurteile.

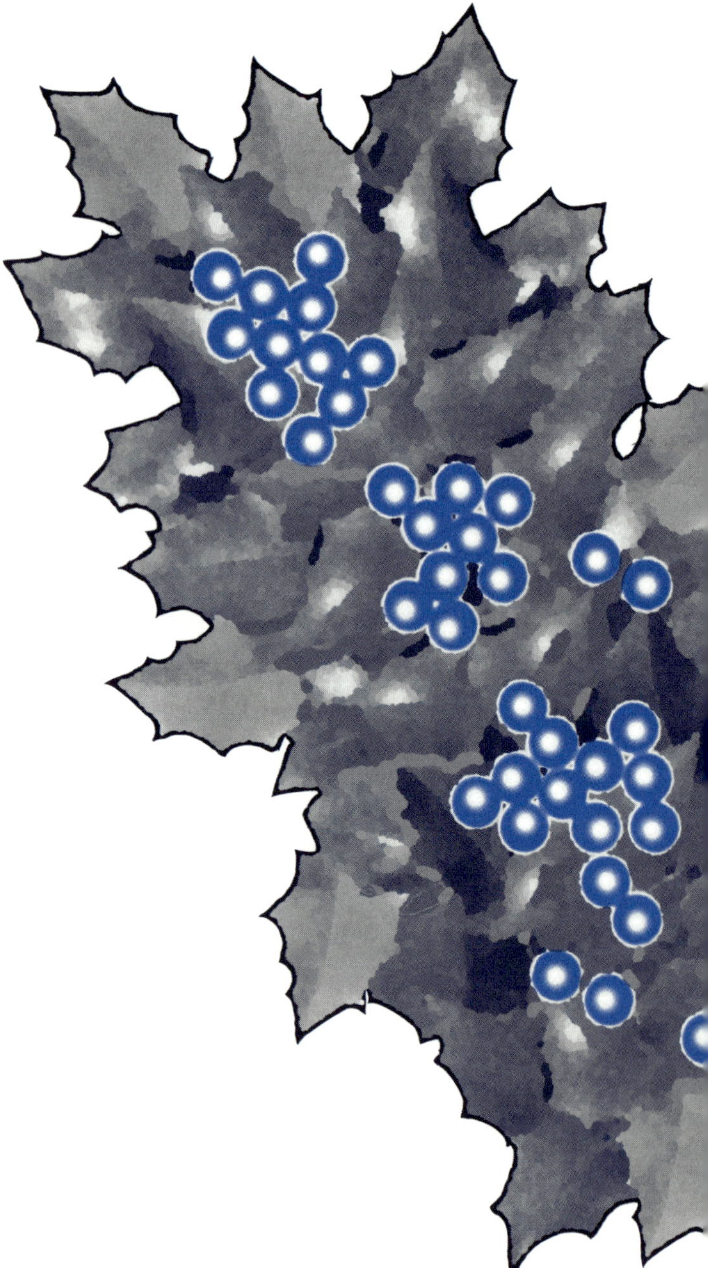

Dorothy L. Sayers

Die Perlenkette

Eine Lord Peter Wimsey-Geschichte

Einmal im Jahr, und nur dieses eine Mal, pflegte Sir Septimus Shale seine Autorität geltend zu machen. Er gestattete seiner modernen jungen Frau, das Haus mit geometrischen Möbeln aus Stahlrohr vollzustellen, avantgardistische Künstler und agrammatische Dichter zu sammeln, an Cocktails und die Relativitätstheorie zu glauben und sich so extravagant zu kleiden, wie sie Lust hatte; aber sein altmodisches Weihnachtsfest ließ er sich nicht nehmen. Er war ein Mann von schlichtem Gemüt, der Plumpudding und Knallbonbons aufrichtig liebte und felsenfest überzeugt war, daß auch andere »im tiefsten Grunde ihres Herzens« ihre Freude daran hatten. Zu Weihnachten zog er sich deshalb zu allem entschlossen in sein Haus in Essex zurück, ließ die kubistischen Lampen von den Dienern mit Stechpalmen und Mistelzweigen schmücken, belud die stählerne Anrichte mit Köstlichkeiten von Fortnum & Mason, hängte Strümpfe an die polierten Kopfteile der Nußbaumbetten und ließ zu diesem einen Anlaß sogar die elektrischen Heizkörper aus den modernistischen Kaminöffnungen entfernen und durch ein Holzfeuer und einen Julscheit ersetzen. Dann versammelte er Familie und Freunde um sich, stopfte sie mit Dickensschen Leckerbissen voll, bis sie nicht mehr konnten, und nach dem Weihnachtsmahl mußten sich alle im Salon zu Scharaden und allerlei sonstigen Gesellschaftsspielen einstellen, deren Höhepunkt jedesmal ein Versteckspiel im Dunkeln über das ganze große Haus war. Da Sir Septimus ein sehr reicher Mann war, fügten die Gäste sich diesem unabänderlichen Programm, und wenn sie sich dabei langweilten, ließen sie es sich nicht anmerken.

Zu Sir Septimus' liebenswerten traditionellen Gewohnheiten gehörte es auch, seiner Tochter Margharita zu jedem Geburtstag – der zufällig auf den Heiligabend fiel –

eine Perle zu schenken. Es waren jetzt zwanzig an der Zahl, und die Sammlung erfreute sich inzwischen einer gewissen Berühmtheit und war schon in den Zeitungen der höheren Gesellschaft abgebildet worden. Obschon die Perlen nicht sensationell groß waren – jede hatte ungefähr die Größe einer Markerbse –, stellten sie einen sehr hohen Wert dar. Sie waren von exquisiter Färbung und vollkommener Form und paßten haargenau zueinander. An diesem Heiligabend hatte nun die Überreichung der einundzwanzigsten Perle den Anlaß zu einer ganz besonderen Festlichkeit mit Tanz und Ansprachen geboten, während die eigentliche Weihnachtsfeier im engeren Familienkreis mit Truthahnessen und den erwähnten viktorianischen Lustbarkeiten am darauffolgenden Weihnachtsabend stattfand. Außer Sir Septimus und Lady Shale sowie beider Tochter waren elf Gäste anwesend, fast alle auf irgendeine Weise mit ihnen verwandt oder sonstwie verbunden: John Shale, ein Bruder, mit Frau, Sohn Henry und Tochter Betty; Bettys Verlobter, Oswald Truegood, ein junger Mann mit politischen Ambitionen; George Comphrey, ein Vetter Lady Shales, etwa dreißigjährig und als Lebemann bekannt; Lavinia Prescott, die Georges wegen eingeladen worden war; Joyce Trivett, Henry Shales wegen eingeladen; Richard und Beryl Dennison, entfernte Verwandte von Lady Shale, die in der Stadt ein ebenso flottes wie kostspieliges Leben führten, ohne daß jemand wußte, wovon sie das bezahlten; und schließlich Lord Peter Wimsey, in einem rührenden Anflug unbegründeter Hoffnungen Margharitas wegen eingeladen. Außerdem waren natürlich noch William Norgate, Sir Septimus' Sekretär, und Miss Tomkins, Lady Shales Sekretärin anwesend, weil sie einfach da sein mußten, denn ohne ihre stille Tüchtigkeit wäre aus den ganzen Weihnachtsvorbereitungen nichts geworden.

Das Abendessen war vorüber – eine scheinbar endlose Folge von Suppe, Fisch, Truthahn, Braten, Plumpudding, Pasteten, kandierten Früchten, Nüssen und fünf Sorten Wein, präsidiert von Sir Septimus Shale mit strahlendem Lächeln, Lady Shale mit spöttischer Verachtung, sowie Margharita, hübsch und gelangweilt, mit einer Kette aus einundzwanzig sanft schimmernden Perlen um den schlanken Hals. Dann waren die Gäste, gesättigt und mit einem Völlegefühl, das nur noch nach horizontaler Lage verlangte, zum Spielen in den Salon geführt worden – »Musikalische Stühle« (am Klavier Miss Tomkins), »Hasch den Pantoffel« (Pantoffel gestellt von Miss Tomkins) und »Scharade« (Kostüme von Miss Tomkins und Mr. William Norgate). Der Hintere Salon (Sir Septimus hielt an diesem altmodischen Namen fest) gab einen ausgezeichneten Umkleideraum ab, da er durch eine Schiebetür vom Großen Salon abgetrennt war, wo das Publikum im grellen Licht elektrischer Lampen, das von der Messingdecke reflektiert wurde, auf Leichtmetallstühlen saß und verlegen mit den Füßen auf dem schwarzgläsernen Fußboden scharrte.

Schließlich gab William Norgate, nachdem er sich der allgemeinen Stimmung vergewissert hatte, Lady Shale den Rat, doch lieber etwas weniger Anstrengendes spielen zu lassen. Lady Shale pflichtete ihm bei und schlug wie üblich Bridge vor. Sir Septimus wischte wie üblich diesen Vorschlag beiseite.

»Bridge? Unsinn, Unsinn! Ihr könnt alle Tage eures Lebens Bridge spielen. Heute ist Weihnachten! Etwas, was wir alle gemeinsam spielen können. Wie wär's denn mit ›Tier, Pflanze, Mineral‹?«

Dieser intellektuelle Zeitvertreib war eines von Sir Septimus' Lieblingsspielen, denn er verstand sich recht gut auf Fangfragen. Als allen dann nach kurzer Diskussion klar wurde, daß dieses Ratespiel anscheinend unveränderlicher Bestandteil des Weihnachtsprogramms war, fügte man sich, und Sir Septimus erbot sich, als erster »hinauszugehen« und den Anfang zu machen.

Nach einer Weile hatten sie unter anderem erraten: ein Foto von Miss Tomkins' Mutter; eine Grammophonplatte von »Ich möchte glücklich sein« (allerdings erst nach ausgiebiger wissenschaftlicher Debatte über die genaue chemische Zusammensetzung von Grammophonplatten, von Mr. Norgate schließlich durch einen Blick in die Encyclopaedia Britannica entschieden); den kleinsten Stichling im Bach am Ende des Gartens; den neuen Planeten Pluto; und den Schal, den Mrs. Dennison trug (sehr irreführend, da er weder aus Seide war, was tierisch gewesen wäre, noch aus Kunstseide, was pflanzlich gewesen wäre, sondern aus gesponnenem Glas und somit mineralisch – eine sehr raffinierte Objektwahl). Nicht geraten hatten sie die Rundfunkansprache des Premierministers – ein Objekt, das als unfair angesehen wurde, da niemand zu entscheiden vermochte, ob es sich dabei seiner Natur nach um etwas Tierisches oder um eine Art Gas handelte. Man beschloß, noch ein Wort zu raten und dann zum Versteckspiel überzugehen. Oswald Truegood hatte sich in den Hinteren Salon zurückgezogen und die Tür geschlossen, während die Gesellschaft über das nächste zu ratende Wort beriet, als Sir Septimus der Diskussion jäh ein Ende machte, indem er seiner Tochter zurief:

»Nanu, Margy! Was hast du denn mit deiner Halskette gemacht?«

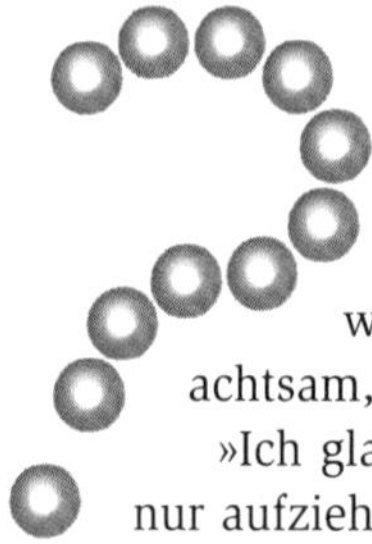

»Abgenommen, Papa, damit sie mir bei der Scharade nicht kaputtging. Sie liegt da drüben auf dem Tisch – nein, da liegt sie nicht! Hast du sie an dich genommen, Mama?«

»Nein. Aber das hätte ich sicher getan, wenn ich sie gesehen hätte. Du bist sehr unachtsam, mein Kind.«

»Ich glaube, du hast sie selber, Papa. Du willst mich nur aufziehen.«

Sir Septimus wies den Vorwurf energisch zurück. Alle standen auf und begannen zu suchen. Es gab in dem kahlen, blitzenden Raum ja nicht viele Stellen, wo eine Perlenkette sich hätte verstecken können. Nach zehn Minuten nutzloser Suche begann Richard Dennison, der dem Tisch am nächsten gesessen hatte, auf dem die Halskette deponiert worden war, ziemlich unbehaglich dreinzusehen.

»Peinliche Sache, wie?« raunte er Wimsey zu.

In diesem Moment steckte Oswald Truegood den Kopf durch die Schiebetür und fragte, ob sie sich nicht bald auf ein Wort geeinigt hätten; er werde langsam nervös.

Das lenkte die Aufmerksamkeit der Schatzsucher auf den Hinteren Salon. Margharita mußte sich geirrt haben. Sicher hatte sie die Halskette dorthin mitgenommen, und sie war irgendwie unter die Kostüme geraten. Das Zimmer wurde peinlichst genau durchsucht. Alles wurde hochgehoben und ausgeschüttelt. Die Sache sah allmählich ernst aus. Nach halbstündigen verzweifelten Bemühungen setzte sich schließlich die Erkenntnis durch, daß die Perlen nirgends zu finden waren.

»Sie müssen doch irgendwo in einem dieser beiden Räume sein«, sagte Wimsey. »Der Hintere Salon hat keine Tür, und niemand hätte aus dem Großen Salon hinausgehen können, ohne gesehen zu werden. Höchstens wenn die Fenster –«

Nein. Die Fenster waren alle von außen durch schwere Läden gesichert, die sich nur mit Hilfe zweier Diener abnehmen und wieder einsetzen ließen. Auf diesem Wege hatten die Perlen das Haus bestimmt nicht verlassen. Überhaupt war ja schon die Vorstellung, daß sie auch nur den Salon verlassen haben könnten, höchst unerfreulich, weil – weil –

Es war der stets praktische und tüchtige William Norgate, der den Mut hatte, das Naheliegende auszusprechen:

»Ich glaube, Sir Septimus, es wäre für alle Anwesenden eine große Erleichterung, wenn wir durchsucht würden.«

Sir Septimus war entsetzt, doch die Gäste, froh, einen Sprecher gefunden zu haben, unterstützten Norgates Vorschlag. Die Tür wurde verschlossen, und die Durchsuchung begann – für die Damen im Hinteren, für die Herren im Großen Salon.

Es kam allerdings nichts weiter dabei heraus als der eine oder andere interessante Einblick in den Tascheninhalt durchschnittlicher Männer und Frauen. Daß Lord Peter Wimsey eine Pinzette, eine Taschenlupe und einen kleinen zusammenklappbaren Zollstock bei sich trug, war nur natürlich – denn war er nicht ein Sherlock Holmes der großen Gesellschaft? Aber daß Oswald Truegood zwei in ein Stück Papier gewickelte Lebertabletten bei sich hatte und Henry Shale eine Taschenbuchausgabe der *Oden* von Horaz, hatte niemand erwartet. Und warum beulte Henry Shale die Taschen seines Abendanzugs mit einem Stück roten Siegellacks, einem häßlichen kleinen Maskottchen und einem Fünfshillingstück aus? George Comphrey hatte nebst einer kleinen Schere drei eingepackte Zuckerwürfel bei sich, wie man sie in Restaurants und Speisewagen bekommt – Hinweis auf eine nicht eben seltene Form der Kleptomanie; doch daß der ordentliche und stets so korrekte Mr. Norgate sich mit einer Rolle weißen Baumwollgarns, dreierlei Schnüren und zwölf auf ein Kärtchen gesteckter Sicherheitsnadeln abschleppte, erschien nun wirklich bemerkenswert, bis jemandem einfiel, daß er schließlich die ganze Weihnachtsdekoration beaufsichtigt hatte. Bei Richard

Dennison fand man zur allgemeinen Verwirrung und Belustigung ein Damenstrumpfband, eine Puderdose und eine halbe Kartoffel; letztere, sagte er, sei gut gegen Rheumatismus (mit dem er zu tun habe), während die andern Gegenstände seiner Frau gehörten. Bei den Damen befanden sich unter den Überraschungsfunden: ein Büchlein über Handlesekunst, drei unsichtbare Haarnadeln und ein Babyfoto (Miss Tomkins); ein chinesisches Zigarettenetui mit Geheimfach (Beryl Dennison); ein *sehr* privater Brief und eine Apparatur zum Reparieren von Laufmaschen (Lavinia Prescott); eine Augenbrauenpinzette und ein kleines Päckchen mit weißem Pulver, angeblich gegen Kopfweh (Betty Shale). Für gelinde Aufregung sorgte der Fund einer kleinen Perlenkette in Joyce Trivetts Handtasche – bis man sich erinnerte, daß sie aus einem Knallbonbon während des Dinners stammte, und die Perlen entpuppten sich in der Tat als synthetisch. Kurz, die Suche ergab nichts, außer einer gewissen allgemeinen Verlegenheit und dem Unbehagen, das eiliges Aus- und wieder Anziehen zur falschen Tageszeit stets mit sich bringt.

Und so kam es dann, daß schließlich jemand – zähneknirschend und mit allen Anzeichen äußersten Widerstrebens – das gräßliche Wort »Polizei« in den Mund nahm. Sir Septimus war natürlich der bloße Gedanken schon entsetzlich. Das war ja grauenhaft! Das werde er nie zulassen. Die Perlen müßten schließlich irgendwo sein. Sie sollten noch einmal die Zimmer durchsuchen. Könnte Lord Peter Wimsey, der doch Erfahrung mit – äh – geheimnisvollen Vorgängen habe, ihnen da nicht irgendwie behilflich sein?

»Wie?«, meinte Seine Lordschaft. »Ach so, meine Güte, ja doch, gewiß, selbstverständlich. Ich meine, vorausgesetzt natürlich, daß niemand annimmt – äh, wie? Das heißt, Sie wissen schließlich nicht, ob ich nicht selbst ein höchst verdächtiges Subjekt bin, oder?«

Hier griff nun Lady Shale energisch ein.

»Wir halten *niemanden* hier für verdächtig«, sagte sie, »doch wenn wir jemanden dafür halten müßten, dann gewiß nicht *Sie*. Sie verstehen von Verbrechen *viel* zuviel, um selbst eins begehen zu wollen.«

»Na schön«, sagte Wimsey. »Aber nachdem wir hier alles schon so gründlich abgesucht haben –« Er zuckte mit den Schultern.

»Ja, ich fürchte auch, daß Sie keine Fußabdrücke mehr finden werden«, sagte Margharita. »Aber wir könnten doch etwas übersehen haben.«

Wimsey nickte.

»Ich will's versuchen. Würde es Ihnen etwas ausmachen, alle wieder im Großen Salon Platz zu nehmen und dort zu bleiben? Bis auf einen von Ihnen – ich hätte lieber einen Zeugen für alles, was ich tue oder finde. Sir Septimus – Sie wären dafür am geeignetsten, meine ich.«

Er schickte sie alle auf ihre Plätze und begann mit einem langsamen Rundgang durch die beiden Räume, wobei er alle Flächen unter die Lupe nahm, zur polierten Messingdecke hinaufstarrte und, nach bewährter Manier, auf allen Vieren über die schwarz glänzende Wüste des Fußbodens kroch. Sir Septimus folgte ihm, starrte, wenn Wimsey starrte, stützte die Hände auf die Knie, wenn Wimsey auf allen Vieren kroch, und schnaufte hin und wieder vor Verwunderung und Kummer. Wie sie so die Runde machten, erinnerten sie an einen Mann mit einem sehr neugierigen jungen Hund beim gemütlichen Gassigehen. Zum Glück erleichterte Lady Shales innenarchitektonischer Geschmack die Suche sehr; es gab kaum irgendwelche Ecken und Winkel, in denen etwas versteckt werden konnte.

Sie kamen in den Hinteren Salon, und hier wurden die Kostüme noch einmal peinlich genau untersucht, doch ohne Erfolg. Schließlich legte Wimsey sich auf den Bauch und spähte unter eine stählerne Anrichte, eines der ganz wenigen Möbelstücke mit kurzen Beinen. Dort schien etwas sein Interesse zu erregen. Er krempelte einen Ärmel hoch und schob den Arm in den Hohlraum, krampfartig zappelnd in dem Bemühen, weiter zu reichen, als menschenmöglich war; dann zog er den Zollstock aus der Tasche und klappte ihn auseinander, um damit unter dem Schränkchen herumzustochern, und fischte den Gegenstand, der ihn so brennend interessierte, schließlich heraus.

Es war etwas sehr Winziges - eine Nadel, genauer gesagt. Keine gewöhnliche Nadel, sondern so eine, wie sie vielleicht von Entomologen zum Aufspießen extrem winziger Motten und dergleichen benutzt wird. Sie war etwa zwei Zentimeter lang, überaus dünn, mit scharfer Spitze und ganz besonders kleinem Kopf.

»Donnerwetter!« sagte Sir Septimus. »Was ist das denn?«

»Sammelt hier zufällig jemand Schmetterlinge oder Käfer oder so etwas?«, fragte Wimsey, in der Hocke sitzend, während er die Nadel eingehend begutachtete.

»Nein, da bin ich mir ziemlich sicher«, entgegnete Sir Septimus. »Aber ich werde mal fragen.«

»Lieber nicht.« Wimsey senkte den Kopf und starrte auf den Fußboden, und sein eigenes Gesicht starrte grübelnd von dort zu ihm zurück.

»Aha«, sagte er mit einemmal. »So wurde das also gemacht. Alles klar, Sir Septimus. Ich weiß, wo die Perlen sind; ich weiß nur noch nicht, wer sie genommen hat. Vielleicht wäre es ganz gut – zur Beruhigung aller –, das auch noch herauszufinden. In der Zwischenzeit sind sie bestens aufgehoben. Sagen Sie niemandem, daß wir diese Nadel oder überhaupt etwas gefunden haben. Schicken Sie alle zu Bett. Verschließen Sie die Salontür, und behalten Sie den Schlüssel bei sich, dann werden wir unsern Mann – oder unsere Frau – beim Frühstück erwischen.«

»Donnerwetter!« sagte Sir Septimus über alle Maßen erstaunt.

Lord Peter Wimsey hielt in dieser Nacht gewissenhaft Wache vor der Salontür. Doch niemand kam in ihre Nähe. Entweder vermutete der Dieb eine Falle, oder er war sich sehr sicher, daß er die Perlen jederzeit wieder an sich nehmen könne. Wimsey hatte indessen keineswegs das Gefühl, seine Zeit zu vertun. Er legte eine Liste der Leute an, die sich im Laufe des Spiels »Tier, Pflanze, Mineral« allein im Hinteren Salon aufgehalten hatten. Die Liste sah folgendermaßen aus:

Sir Septimus Shale
Lavinia Prescott
William Norgate

Joyce Trivett und Henry Shale (gemeinsam, weil sie behauptet hatten, ohne Hilfe nichts raten zu können)

Mrs. Dennison
Betty Shale
George Comphrey
Richard Dennison
Miss Tomkins
Oswald Truegood

Er stellte ferner eine Liste der Leute zusammen, denen Perlen irgendwie nützlich oder begehrenswert erscheinen konnten. Bedauerlicherweise stimmte diese Liste fast in jeder Hinsicht mit der ersten überein (immer mit Ausnahme von Sir Septimus) und war somit wenig hilfreich. Die beiden Sekretäre waren mit besten Empfehlungen in dieses Haus gekommen, aber genau das wäre ja auch der Fall gewesen, wenn sie mit unlauteren Absichten gekommen wären; von den Dennisons war allgemein bekannt, daß sie von der Hand in den Mund lebten; Betty Shale hatte mysteriöse weiße Pülverchen in ihrer Handtasche, und man wußte, daß sie in der Stadt in recht leichtlebigen Kreisen verkehrte; Henry war ein harmloser Dilettant, aber Joyce Trivett wickelte ihn um den kleinen Finger und war »kostspielig und liederlich«, wie Jane Austen es gern auszudrücken pflegte; Comphrey spekulierte; Oswald Truegood sah man recht häufig beim Pferderennen in Epson und Newmarket – Motive zu finden war geradezu verhängnisvoll einfach.

Als das zweite Hausmädchen und ein Diener mit Haushaltsgegenständen im Flur erschienen, gab Wimsey seine Wache auf, doch er kam zeitig zum Frühstück wieder herunter. Sir Septimus mit Frau und Tochter war schon da. Eine fühlbare Spannung lag in der Luft. Wimsey stand am Kamin und plauderte über das Wetter und die Politik.

Nach und nach fand die Gesellschaft sich ein, aber wie auf Verabredung erwähnte niemand die Perlen, bis Oswald Truegood nach dem Frühstück endlich den Stier bei den Hörnern packte.

»Na«, meinte er, »wie weit ist denn unser Detektiv? Haben Sie schon Ihren Mann, Wimsey?«

»Noch nicht«, antwortete Wimsey gelassen.

Sir Septimus, der Wimsey im Auge behielt, als erwarte er von ihm sein Stichwort, räusperte sich und hob zu einer Rede an.

»Sehr ärgerlich, das Ganze«, sagte er, »ausgesprochen unerfreulich. Hrrrm! Fürchte, jetzt bleibt uns wirklich nur noch die Polizei. Ausgerechnet zu Weihnachten. Hrrrm! Hat das ganze Fest verdorben. Kann das Zeug hier nicht mehr sehen.« Er wies auf die Girlanden und Immergrünzweige und den bunten Papierschmuck an den Wänden. »Am besten runter damit, wie? Macht keinen Spaß mehr. Hrrrm! Alles verbrennen.«

»Wie schade, wo wir uns doch solche Mühe damit gemacht haben«, sagte Joyce.

»Ach, laß doch, Onkel«, meinte Henry Shale. »Du machst dir zuviel Gedanken um die Perlen. Die kommen bestimmt wieder zum Vorschein.«

»Soll ich nach James läuten?« schlug William Norgate vor.

»Nein«, fiel Comphrey ihm ins Wort, »das machen wir selber. Es beschäftigt uns und lenkt von den Sorgen ab.«

»Richtig«, sagte Sir Septimus. »Fangt gleich an. Kann das Zeug nicht mehr sehen.«

Er riß wütend einen großen Stechpalmenzweig vom Kamin herunter und schleuderte ihn in die hochschießenden Flammen.

»So ist's recht«, sagte Richard Dennison. »Das gibt ein prima Feuerchen!« Er sprang vom Tisch hoch und riß den Mistelzweig vom Kronleuchter. »Da geht er hin! Noch einen Kuß für irgend jemanden, bevor's zu spät ist.«

»Bringt es nicht Unglück, die Sachen vor Neujahr abzunehmen?« fragte Miss Tomkins.

»Soll es doch Unglück bringen! Nichts wie weg damit. Auch von den Treppen und aus dem Salon. Soll jemand hingehen und die Sachen da wegholen.«

»Ist der Salon denn nicht abgeschlossen?«, fragte Oswald.

»Nein. Lord Peter sagt, die Perlen können sein, wo sie wollen, aber nicht da; also ist der Salon nicht verschlossen. Stimmt doch, Wimsey, oder?«

»Ganz recht. Die Perlen wurden aus diesen Räumen fortgeschafft. Ich weiß noch nicht wie, aber ich bin mir ganz sicher. Ich will sogar meinen Ruf dafür aufs Spiel setzen, daß sie sein mögen, wo sie wollen, aber eben nicht da oben.«

»Na schön«, sagte Comphrey, »wenn das so ist, dann nichts wie ran! Kommen Sie, Lavinia – Sie und Dennison nehmen den Großen Salon und ich den Hinteren. Mal sehen, wer zuerst fertig ist.«

»Aber wenn die Polizei kommt«, wandte Dennison ein, »muß dafür nicht alles so bleiben, wie es ist?«

»Zum Teufel mit der Polizei!« schrie Sir Septimus. »Die braucht kein Immergrün.«

Oswald und Margharita rissen schon unter Lachanfällen die Stechpalmen und das Efeu vom Treppengeländer. Die Gesellschaft verteilte sich übers Haus. Wimsey lief rasch hinauf in den Salon, wo das Zerstörungswerk schon weit fortgeschritten war, da George mit den beiden andern zehn Shilling gegen einen Sixpence gewettet hatte, daß sie mit ihrer Arbeit nicht früher fertig sein würden als er mit der seinen.

»Sie dürfen uns nicht helfen!« rief Lavinia Wimsey lachend zu. »Das wäre nicht fair.«

Wimsey sagte nichts, sondern wartete, bis das Zimmer leer war. Dann folgte er ihnen nach unten in die Diele, wo das Feuer fauchte und knisterte, daß es an den Guy-Fawkes-Tag erinnerte. Er flüsterte Sir Septimus etwas zu, der vortrat und George Comphrey auf die Schulter tippte.

»Lord Peter möchte dir etwas sagen, mein Junge«, sagte er.

Comphrey schrak zusammen und ging, wie es schien, ein wenig widerstrebend mit. Besonders wohl sah er dabei nicht aus.

»Mr. Comphrey«, sagte Wimsey, »ich glaube, diese Sachen gehören Ihnen.« Damit streckte er die Hand aus, auf der einundzwanzig feine Nadeln mit winzigen Köpfen lagen.

»Genial«, sagte Wimsey, »aber etwas weniger Geniales hätte seinen Zwecken besser gedient. Es war großes Pech für ihn, Sir Septimus, daß Sie die Perlen gerade in dem Moment erwähnten. Er hatte natürlich gehofft, ihr Verschwinden würde erst bemerkt, nachdem wir mit dem Begrifferaten fertig und zum Versteckspiel übergegangen waren. Dann hätten die Perlen überall im Haus sein können; wir hätten den Salon nicht zugeschlossen, und er hätte seine Beute wieder an sich nehmen können, wann immer es ihm beliebte. Diese Möglichkeit hatte er wahrscheinlich im Sinn gehabt, als er hierherkam, darum hatte er auch die Nadeln bei sich, und daß Miss Shale das Collier zur Scharade ablegte, das gab ihm die erhoffte Gelegenheit.

Er war nicht zum erstenmal zur Weihnachtsfeier hier und wußte genau, daß ›Tier, Pflanze, Mineral‹ fest zum Unterhaltungsprogramm gehörte. Er brauchte nur die Perlenkette vom Tisch zu nehmen, als er mit dem Hinausgehen an die Reihe kam, und dann konnte er darauf vertrauen, daß er mindestens fünf Minuten allein sein würde, während wir uns um den Suchbegriff stritten. Mit seiner Taschenschere brauchte er dann nur noch die Perlen von der Schnur zu lösen, diese im Kamin zu verbrennen und die Perlen mit den dünnen Nadeln an den Mistelzweig zu heften. Der Mistelzweig hing am Kronleuchter, also ziemlich hoch – es ist ja ein hohes Zimmer –, aber wenn er sich auf den Glastisch stellte, auf dem keine Fußabdrücke zurückbleiben würden, kam er leicht heran, und es war so gut wie sicher, daß niemand den Mistelzweig untersuchen würde, ob er nicht ein paar Beeren zuviel hatte. Ich wäre ja auch nicht auf die Idee gekommen, wenn ich nicht die Nadel gefunden hätte, die ihm hinuntergefallen war. Das brachte mich auf den Gedanken, die Perlen könnten von der Kette gelöst worden sein, und der Rest war dann ganz einfach. Ich habe die Perlen letzte Nacht vom Mistelzweig gepflückt – der Verschluß war übrigens auch da; den hatte er zwischen die Stechpalmenblätter gesteckt. Hier sind die Perlen. Comphrey muß heute früh einen bösen Schrecken bekommen haben. Daß er unser Mann war, wußte ich in dem Moment, als er den Vorschlag machte, die Gäste sollten den Weihnachtsschmuck eigenhändig abnehmen, erst recht, als er selbst den Hinteren Salon übernehmen wollte – aber ich hätte zu gern sein Gesicht gesehen, als er an den Mistelzweig kam und die Perlen nicht mehr vorfand.«

»Und das war Ihnen alles klar, als Sie die Nadel fanden?« fragte Sir Septimus.

»Ja. Da wußte ich, wohin die Perlen gekommen waren.«

»Aber Sie haben nicht einmal zu dem Mistelzweig hinaufgeschaut.«

»Er spiegelte sich in dem schwarzen Glasboden, und da fiel mir auf einmal auf, wie sehr die Mistelbeeren doch Perlen glichen.«

Janet LaPierre

Luminarias sind so schön weihnachtlich

Lucy Magnusson betrachtete ihr karges kleines Kaminfeuer, beschloß, einmal leichtsinnig zu sein, und legte ein weiteres Holzscheit auf. Hinter ihr lag ein schwerer Tag. Sie hatte die Kaninchenkäfige in eine trockene Ecke des Schuppens gezerrt und geschoben. Sie war in Regen und Wind aufs Scheunendach hinaufgeklettert, um dort noch ein Stück Plastikfolie festzunageln. Sie hatte mit Nick die Hühner zusammengetrieben, und dabei waren sie beide klatschnaß geworden. Ein schönes, warmes Feuer zu ihrem Tee und ihrem Buch hatte sie sich verdient. Ihr Hund, eine Mischung aus Collie und Labrador, klappte ein Auge auf, als sie an ihm vorbeiging, hob aber nicht den Kopf. Nick war alt, genau wie sie, und er hatte ohnehin keine große Neigung zu unnützer Bewegung. Er würde lang ausgestreckt vor dem Kamin liegenbleiben, bis die Wärme des Feuers ihm das struppige, schwarzweiße Fell getrocknet hatte und seinen müden Knochen Linderung verschuf.

Wie Lucy sich eingestand, war auch sie selbst im letzten Jahr etwas langsamer geworden, und der Winter hatte sie mit Regen und Kälte unversehens überrumpelt. Der Stapel gehacktes Feuerholz war noch längst nicht groß genug, und die undichte Stelle auf dem Scheunendach hätte sie neu decken müssen. Schlechte Planung, keine Frage. Im Geiste hörte sie die Maxime ihres Vaters: Mädchen, wenn die Muskeln nachlassen, muß man den Kopf einsetzen.

Nachdem sie sich vergewissert hatte, daß von dem frischen Scheit keine Funken mehr sprühten, rückte sie den Ofenschirm so, daß die Hitze auf ihren gepolsterten Eichensessel gelenkt wurde. Sie hätte auch gern Musik gehört, hatte aber keine Lust, aufzustehen und unten am Plattenspieler herumzufummeln, und seit ungefähr Anfang Dezember sendeten sie im Radio nur noch schnulzige Weihnachtsmusik. Oscar Magnusson war im Leben wie im Sterben ein aufrechter Agnostiker gewesen, und in dieser Hinsicht, wie bei den meisten anderen Dingen des Lebens auch, hielt Lucy unverbrüchlich an den Traditionen ihres Vaters fest.

Ein Sender strahlte schon die ganze Woche Charles Dickens' ›Weihnachtserzählung‹ in Fortsetzungen aus. Lucy schlug ihre zerfledderte Ausgabe von ›Bleakhaus‹ auf und dachte dabei, daß Mr. Dickens, so bewunderungswürdig er auch war, doch seine Schwächen hatte. Sie hätte diesem elenden Cratchit-Clan keine Unterkunft gewährt, schon gar nicht diesem abscheulichen Tiny Tim.

Die Teekanne war leer, und das Kaminfeuer bestand nur noch aus einem Haufen Glut unter einer Reihe kleiner Flammen; Lucy war in den Roman vertieft, der zu ihren Lieblingsbüchern gehörte. Ein völlig unerwartetes Geräusch, das Dröhnen eines Motors, veranlaßte sie und Nick, aufmerksam lauschend den Kopf zu heben, und brachte sie dann beide auf die Beine.

Lucy Magnusson, einundachtzig Jahre alt, lebte allein auf über vierzig Acres mit Gestrüpp, ausgelaugten Weiden und Mischwäldern aus Apfelbäumen und Eichen – das war alles, was von der nordkalifornischen Schafsranch ihres Vaters übriggeblieben war. Ihr Häuschen und die kleine Scheune standen auf einem sehr hohen Steilhang über dem Pacific Coast Highway, ein Stück vom Rand des Abgrunds entfernt. Von der Straße unten waren sie nicht zu sehen, und die Auffahrt hier herauf war gefährlich steil und zudem mit einem großen ›Betreten verboten‹-Schild versehen.

Jetzt hörte sie ein weiteres Geräusch, das noch unwahrscheinlicher war. »Okay, Junge. Komm mit«, sagte Lucy, packte ihren Hund am Halsband und ging langsam auf die Haustür zu. Das Klopfen wurde wiederholt, und Lucy rief: »Warten Sie's ab, verdammt noch mal. Wir kommen ja schon.«

Sie konnte sich nicht mehr daran erinnern, wann jemand zuletzt bei ihr geklopft hatte. Das war schon Jahre her - fünf, zehn. Länger.

Durch die Glasscheiben, die von der Wärme im Haus beschlagen waren, konnte Lucy nur eine einzelne Gestalt ausmachen. »Ach, Scheiße«, brummte sie Nick zu, dessen Nackenhaare unter ihrer Hand steif in die Höhe ragten. Sie holte tief Luft, stellte sich breitbeinig hin und riß die Tür auf.

»Sie befinden sich unbefugt auf Privatgelände. Gehen Sie!« sagte sie mit einer Stimme, die unnatürlich laut klang.

Lucy war nicht daran gewöhnt, mit jemand anderem als sich selbst zu sprechen und ab und zu mit Nick.

Auf der Veranda stand eine Frau. Sie hatte die Kapuze ihres Regenmantels nach hinten geschoben, und Regentropfen umgaben ihre blonden, lockigen Haare wie einen Heiligenschein. Angesichts der weit aufgerissenen porzellanblauen Augen und des rosa bemalten Mundes, der offen stehenblieb, sah Lucy plötzlich vor sich, was für ein Bild sie bieten mußte: ein flacher, knochiger Körper, bekleidet mit einer Männerhose aus Wollstoff und einem weiten Flanellhemd; weiße Haarsträhnen, die sich aus dem langen Zopf gelöst hatten und zottelig in das runzlige wutentbrannte Gesicht hingen.

Die Frau, eigentlich noch ein Mädchen, faßte sich, zuerst zwinkerte sie und lächelte dann. »Hallo, Miss Magnusson? Lucy Magnusson? Ich bin Darlene Flaherty. Mann, ist das kalt hier draußen. Kann ich reinkommen?«

Sie huschte an Lucy vorbei, die nicht schnell genug nach ihr greifen konnte, und lief durch das Zimmer zum Kamin. Dort streckte sie die Hände aus und seufzte behaglich. Nick nieste, und Lucy sog schnuppernd die ungewohnten Gerüche ein – ein moschusartiges Parfüm, Pfefferminz, etwas Durchdringendes wie Haarspray, ein Hauch von Benzin.

»Was wollen Sie?«, fragte Lucy und machte die Tür zu.

»Sie zu einer Weihnachtsfeier holen«, zwitscherte Darlene.

Lucy, von der bloßen Vorstellung sprachlos, starrte sie nur an, und Darlene, die offenbar annahm, daß sie nicht gut hörte, sprach jetzt lauter.

»Ich bin Mitglied der BJG – der baptistischen Jugendgruppe – der Faith Baptist-Kirche. Wir veranstalten zu Weihnachten eine Feier für Senioren. Bis dahin sind es nur noch vier Tage«, fügte sie hinzu.

»Nein«, sagte Lucy.

»Wissen Sie, wir holen am ersten Weihnachtsfeiertag die Alten ... die Senioren mittags in den Gemeindesaal. Dort gibt es einen Weihnachtsbaum und Geschenke und danach noch ein schönes Abendessen mit Truthahnbraten. Und Musik – jemand wird Klavier spielen, damit wir Weihnachtslieder singen können.«

»Punsch?« fragte Lucy; ihr war eins der wenigen Dinge eingefallen, die ihr an Weihnachten sympathisch waren. Auf Darlenes verständnisloses Gesicht hin sagte sie ungeduldig: »Glühwein mit Schuß! Heißer, gewürzter Wein.«

»Ach du meine Güte, nein!« sagte Darlene bestimmt. »Wir sind Baptisten. Wir rühren keinen Alkohol an.«

»Und *ich* rühre keine Religion an«, teilte Lucy mit.

»Hä?«

»Ich bin Agnostikerin. Ich glaube nicht an die Göttlichkeit von Jesus. Oder von sonst jemandem«, setzte sie hinzu.

»Ach, Sie sind genau wie Kevin«, sagte Darlene mit einem Kichern. »Das ist mein Freund. Aber ich arbeite an ihm.«

»Fein. Gehen Sie jetzt,« sagte Lucy.

»Lucy, das kann ich nicht machen.« Inzwischen hatte sich Darlene aufgewärmt und sah entspannt und fröhlich aus. »Sie sind meine Aufgabe, verstehen Sie. Für den Herrn. Und auch für Pastor Jellinck. Wow, das ist ein richtig hübsches kleines Haus«, sagte sie mit Sehnsucht in der Stimme.

»Kommen Sie raus hier!«, sagte Lucy, als Darlene um die Ecke in die Küche schlenderte. »Lassen Sie das!«

Das Mädchen kicherte wieder und machte die Kühlschranktür zu, hob dann den Deckel der Tiefkühltruhe und lugte hinein.

»Ich schau nur nach, was ich Ihnen mitbringen kann. Lucy, ich möchte Ihre Freundin sein.«

»Ich brauche keine Freunde.« Lucys Stimme klang heiser, und Nick, der sich an ihren Oberschenkel drückte, winselte. »Gehen Sie nach Hause. Weg mit Ihnen. Wie sind Sie überhaupt hier heraufgekommen?« fragte sie plötzlich. »Die Auffahrt ist mit einer Kette versperrt.«

»Ach ja, tut mir leid.« Darlene zog den Kopf ein und griff in die Tasche ihres Regenmantels. »Kevin hätte bei diesem Regen langsamer fahren müssen, aber das tut er nie, und die rostige alte Kette war nur schwer zu erkennen. Und da ist es passiert: Er hat sie mit dem Motorrad gerammt und wurde unheimlich sauer; er liebt seine Maschine. Also hat er – äh, dieses Ding, wie so ein großer Klammerhefter? –, Kev ist echt stark, und er hat es aus dem Pfosten gerissen.«

Während Lucy nach dem rostigen, verdrehten Stück Eisen griff, erklangen schwere Schritte auf der Veranda. Die Tür wurde aufgerissen, und herein kam ein großer, breiter junger Mann mit Lederjacke und tückischem Gesichtsausdruck.

»Bist du langsam soweit?« wollte er von Darlene wissen.

»Hallo, Schatz. Lucy Magnusson, das ist Kevin James. Er ist in Port Silva aufgewachsen, so wie ich, aber er war länger fort.«

Lucy musterte den zweiten Eindringling. Gestützt auf Erinnerungen aus ihrem früheren, der Welt zugewandten Leben, hegte Lucy den Verdacht, daß Kevins »Fortsein« möglicherweise mit einer Gefängniszelle zu tun hatte. Sie bohrte ihre Finger fester in Nicks Nackenfell, und er jaulte überrascht auf. Mit einem nervösen Blick auf den Hund stimmte Darlene zu, daß es Zeit zum Aufbruch war. »Aber wir kommen morgen wieder.«

»Lassen Sie's« sagte Lucy, machte die Tür zu und schloß ab.

In der Nacht schlief Lucy schlecht, geplagt von dem Gefühl, daß man ihrer Welt, ja sogar der Luft in ihrem Haus, Gewalt angetan und sie besudelt hatte. Am nächsten Morgen zog sie Anglerstiefel und Regenmantel an und machte sich, den Wanderstock mit der Metallspitze in der Hand, bei immer noch strömendem Regen auf den fast eine halbe Meile langen Weg zur Straße hinunter. Dort fand sie die verrostete Eisenkette im Morast vor. Die Betonpfosten standen schief, wie Betrunkene einander zugeneigt; der rechte Pfosten wies ein gezacktes Loch auf und gab den Blick frei auf sein Inneres, das bei der ersten Berührung zerbröckelte. Es war offensichtlich, daß sie neue Pfosten brauchte.

Die Auffahrt, aus dem Fels und Lehm des Berghangs gehauen, war nicht nur steil, sondern auch uneben, und der Rückweg bergauf war schwer. Kurz vor dem Gipfel, wo das Land in einem Bogen nach Osten verlief, entschwand der Highway unter dem ausladenden Hang ihrem Blick, und nur der Ozean mit den weißen Schaumkronen war noch zu sehen. Der Rand des Steilhangs wurde von einem Geländer markiert, das Oscar vor vielen Jahren zusammengebaut hatte: zwei einsachtzig Meter lange Planken von fünf mal zwanzig Zentimetern, weiß gestrichen und an Holzpfosten genagelt.

Lucy blieb einen Augenblick stehen, um sich auszuruhen und die regenverhangene, menschenleere Aussicht zu genießen. Dabei lehnte sie sich an das Geländer, das sich auch nicht mehr sehr stabil anfühlte. Alles wurde alt und verbraucht, vor allem sie selbst.

Während sie die Kaninchen und die Hühner fütterte, die wenigen Eier einsammelte und hastig frühstückte, dachte Lucy darüber nach, wie sie sich am besten verteidigen und die Eindringlinge in die Flucht schlagen konnte. Sie konnte ihren Lastwagen besteigen und eine ihrer seltenen Fahrten unternehmen, um neue Pfosten für die Auffahrt zu kaufen, vielleicht sogar ein Tor. Aber möglicherweise kamen die beiden wieder, wenn sie fort war.

Lucy stand am Küchenfenster, trank Kaffee und zitterte vor Erregung, und dann dröhnte ihr wieder das Motorrad in den Ohren.

Sie ging nicht an die Tür, aber nachdem das Klopfen aufgehört hatte, erklangen Schritte rings ums Haus. Dann sah sie eine Gestalt auf die hintere Veranda kommen und durch ein Fenster lugen. Ihr blieb keine andere Wahl, als hinauszugehen und sie wieder fortzuschicken.

Ganz kurz nur trauerte sie dem Telefon nach, das sie sich vor Jahren hatte legen lassen, während Oscars letzter Krankheit, und nach seinem Tod wieder abgeschafft hatte. Aber wen hätte sie anrufen können? »Lucy Magnusson, diese verrückte alte Einsiedlerin« – sie war überzeugt davon, daß die Leute in der Stadt sie so nannten, wenn sie überhaupt daran dachten, sie irgendwie zu benennen –, hatte schon seit Jahren mit niemandem mehr als ein halbes Dutzend Wörter gewechselt. Ihr fiel kein einziger Mensch ein, der verstehen würde, daß sie sich vergewaltigt fühlte. Und sie fühlte sich nicht in der Lage, es zu erklären.

»Still«, sagte sie zu Nick, der sich heiser bellte. Als das Klopfen wieder begann, ging sie zur Tür und machte sie gerade so weit auf, daß ihr Gesicht zu sehen war. »Geht weg, ihr Vandalen. Laßt mich in Ruhe.«

Darlene stemmte ihr Gewicht gegen die Tür, schob sich ins Haus und faßte Lucy bei den Händen.

»Keine Vandalen; wir sind's doch nur. Ich habe Ihnen ja gesagt, daß wir wiederkommen, und ich habe Ihnen etwas mitgebracht.«

Hinter der lächelnden kleinen Darlene stand der große, finstere Kevin, der von einer Aura aus Tabak und Schweiß, Benzin und Öl umgeben war – letzteres kam von seinen riesigen schwarzen Lederstiefeln. Am Morgen hatte Lucy die Abdrücke dieser Stiefel auf dem staubigen Fußboden ihrer Scheune gesehen. Dieser Schnüffler!

»Was haben Sie in meiner Scheune gemacht?« fragte sie.

»Mich untergestellt, während ich auf sie gewartet habe«, sagte er schulterzuckend und nickte zu Darlene hinüber. »Eine schöne alte Scheune, gut gebaut. Wenn Sie das Dach reparieren lassen, können Sie darin wohnen.«

»Ich *wohne* in meinem Haus« fauchte Lucy. »In meiner Scheune halte ich Tiere – und arbeite dort.«

Er schüttelte sich die nassen schwarzen Haare aus dem Gesicht und grinste. »Sie benutzen den Vorschlaghammer? Ein kleines, altes Ding wie Sie?«

»Du bist jetzt still, Kevin. Such dir lieber eine Beschäftigung.«

Darlene nahm ihm zwei Tüten aus den Armen und machte die Tür hinter ihm zu. »Hier, Lucy, ich habe Ihnen ...«

»Für Sie bin ich ›Miss Magnusson‹!« sagte Lucy und wich vor den Tüten und deren Inhalt zurück, worum es sich dabei auch immer handeln mochte. »Ich brauche nichts.«

»Ich wollte Ihnen einen Baum besorgen, aber dann habe ich beschlossen, nur den Schmuck mitzubringen, für die kleine, junge Fichte an Ihrer Veranda.«

»Nein!« Lucy packte die dargebotene Papiertüte und warf sie beiseite. »Ich habe Ihnen doch gesagt: kein Weihnachten.«

»Ach, Lucy, das ist aber ein Jammer. Die Glaskugeln sind bestimmt alle kaputt.« Darlene kniete sich hin und lugte in ihre Tüte. »Schauen Sie her, da ist etwas, was Ihnen gefallen könnte. Eine rote Samtschnur mit Glöckchen. Die hänge ich an Ihre Tür.«

Und ich nehme sie wieder ab, sobald ihr weg seid, schwor Lucy sich stumm.

»Dann habe ich Ihnen noch frischen Fisch mitgebracht«, fuhr Darlene fort und ging in die Küche. »Und ein Pfund frischgemahlenen Kaffee, ein paar Melonen und Orangen. Und Bier; das Bier ist für Kev, aber wenn Sie wollen, können Sie etwas davon haben.«

»Ich brauche kein ...«

»Und Brot und frische Teilchen von der Bäckerei Johansen.«

Lucy klappte den Mund zu und legte die Hände auf den Rücken. Mit dem großen Garten, den Hühnern und Kaninchen und einer gelegentlichen Fahrt in die Stadt, um ihre Tiefkühltruhe aufzufüllen, war sie ganz gut versorgt und kochte gerade so viel, wie erforderlich war. Aber im Backen war sie schlecht. Ihr lief tatsächlich das Wasser im Mund zusammen, als Darlene obstgefüllte Gebäckstücke, Eclairs und klebrige, mit Pekannüssen gespickte Zuckerbrötchen aufbaute.

Lucy schlang das Gebäck in sich hinein und trank Kaffee und sah kläglich zu, wie Darlene wie ein neugieriger Terrier im Haus herumschoß. Mit leuchtenden Augen kam das Mädchen zurück und sagte seufzend: »So ein schönes kleines Haus! Offene Deckenbalken, Kamin im Wohnzimmer und dann noch das große Schlafzimmer! Wenn Kev und ich so ein Haus hätten, könnten wir heiraten. Oooh, schauen Sie nur die alten Bilder da. Ist dieser große Typ mit dem weißen Bart Ihr Vater? Der sieht ja richtig ehrwürdig aus!«

»Ja.« Und bis zu sechs Monaten vor seinem Tod im Alter von einundneunzig Jahren hätte sich Oscar Magnusson dieser Eindringlinge noch so entledigt, wie ein Schafsrancher sich wildernder Hunde zu entledigen pflegt. Lucy putzte sich die klebrigen Finger an der Hose ab und haderte zum tausendstenmal mit dem Schicksal, das sie klein und eine Frau hatte werden lassen.

Erst sehr viel später kam Kevin herein und verpestete die Luft mit seiner Größe und Energie und seinen Gerüchen. Und mit seinen bösen Absichten; Lucy konnte sie spüren. Er fläzte sich in ihren Sessel vor ihrem Kamin und trank Bier, während Darlene auf ihn einredete.

»Ja, ja, es ist schön hier«, sagte er schließlich. »Zwei Schlafzimmer und dann noch der Speicher über dem Kamin. Der Platz würde auch für drei Leute dicke reichen. Meinen Sie nicht?« fragte er Lucy und grinste dabei.

Er streckte sich, stand dann langsam auf. »Übrigens, ich habe einen Haufen Holz gehackt. So ein hübsches Haus, das wollen Sie doch warm halten. Komm jetzt, Darl. Es wird Zeit, daß wir uns auf die Socken machen.«

»Bis morgen«, sagte Darlene. »Ich glaube, ich werde Ihr Bad und die Küche mal ordentlich scheuern. Und denken Sie daran – nur noch drei Tage bis zu unserer Feier!«

»Ordentlich scheuern« – das schaffte sie neuerdings nur noch allzu selten. Lucy erwog diese Verlockung und schob sie dann widerstrebend beiseite. »Lassen Sie nur. Kommen Sie nicht mehr her. Ich gehe auf keine Feier.«

Zusammen mit Nick trieb sie das Pärchen zur Tür hinaus und schloß ab.

Als das Geräusch des Motorrads verklungen war, sank Lucy auf einen Stuhl und barg ihr Gesicht an Nicks zottiger Schulter.

Diese Leute wollten ihr Leben bis zur Unkenntlichkeit umkrempeln, und sie wußte nicht, wie sie die beiden davon abhalten konnte. Alle ihre Waffen, ihre beiden Gewehre und die Schrotflinte, waren groß und schwer; sie konnte sie nicht im Handumdrehen benutzen, würde eine Art Hinterhalt arrangieren müssen. Und dann die Leichen. Jeder Rancher wußte, was für ein Problem es war, sich große, tote, nicht eßbare Tiere vom Hals zu schaffen.

»Vielleicht«, sagte sie zum Hund, »machen sie ja nur Spaß. Vielleicht lassen sie mich in Ruhe, wenn ich zu der Feier gehe.«

Am nächsten Morgen versteckte sich Lucy auf ihrem Speicher und machte nicht auf, aber sie kamen einfach herein. Wie Lucy feststellte, als sie zornig die Treppe herunterkam, hatten sie einen Schlüssel. Zu ihrem Haus.

»Den hab ich in der Scheune gefunden«, sagte Kevin, und Lucy wußte, daß er log. »Wenn Sie jetzt mal hinfallen oder so und Hilfe brauchen, können wir hereinkommen, ohne einzubrechen. Es stimmt nun mal, daß es für eine alte Dame wie Sie sehr viel besser wäre, wenn jemand hier bei Ihnen wohnen würde.«

Vor Wut und Entsetzen verschlug es Lucy die Sprache, aber Darlene merkte nichts davon, oder es war ihr egal.

»Wissen Sie, was ich mir überlegt habe, Lucy? Wenn Sie keinen Baum schmücken wollen, können wir ein paar *Luminarias* aufstellen. Das ist richtig weihnachtlich; das machen die Leute in Mexiko so. Man stellt geweihte Kerzen in kleinen, braunen Papiertüten, die unten mit Sand gefüllt sind, am Bürgersteig auf oder reiht sie an der Auffahrt entlang. Ich glaube, sie sollen dem Christkind den Weg beleuchten.«

Lucy wollte weder dem Christkind noch sonst jemandem den Weg beleuchten. »Papier und Kerzen, im Regen. So ein Unfug.«

»Aber sehen Sie doch«, sagte Darlene ernsthaft, »wir haben die moderne Version. Braune Plastiktüten mit winzig kleinen elektrischen Lämpchen darin. Wir legen eine Verlängerungsschnur von der Scheune herüber und stellen die Lichter an die Innenseite der Auffahrt, hier oben, kurz vor dem Gipfel. Das wird so schön aussehen, so weihnachtlich.«

Kevin verzog sich in die Scheune – zum Arbeiten, wie er sagte. Als er an Lucy vorbeiging, zog er an ihrem Zopf; ein vermeintlich spielerisches Zupfen, das weh tat.

»So, Sie kommen mit mir, Lucy«, sagte Darlene, »und helfen mir, die *Luminarias* aufzustellen. Danach mache ich für Sie und Kev was zum Mittagessen.«

Den restlichen Tag schmollte Lucy und ärgerte sich, während Darlene scheuerte und bewunderte und plauderte und Kevin, wie es schien, am Scheunendach arbeitete. Wenigstens etwas Gutes an der Sache, dachte Lucy still für sich. Dabei schmiedete sie wie wild Pläne und verwarf sie wieder. Sie hatte ihren Lastwagen, sie konnte losfahren und die beiden anzeigen wegen ... was?

Erst um drei kam Kevin von der Scheune herein und verkündete, daß er aufbruchbereit war.

»Lucy, morgen ist Heiligabend!« sagte Darlene. »Sind Sie nicht froh, daß wir die *Luminarias* aufgestellt haben? Morgen komme ich und bringe Ihnen etwas Hübsches, was Sie zur Feier anziehen können.«

Lucy wollte nachgeben, brachte es aber nicht fertig. Statt dessen schüttelte sie den Kopf und wandte ihnen den Rücken zu.

»Lucy«, fing Darlene in schmeichelndem Tonfall an, aber Kevin unterbrach sie.

»Hören Sie, alte Dame, Sie sollten Darlene und mir dankbar sein. Nach der ganzen Arbeit, die sie geleistet hat, steht es Darl zu, Sie auf der Feier vorzuführen. Wenn Sie nicht hingehen, werden die Leute glauben, daß Sie wirklich nur eine verrückte alte Dame sind, um die sich die Behörden kümmern müssen, der Staat oder sonst jemand. Statt Ihrer Freunde.«

Nick hatte sich verzogen, um seinerseits zu schmollen. Jetzt ging Lucy zur Tür und pfiff ihn herbei – nicht als Schutz, denn er war kein mutiger Hund, sondern als etwas Vertrautes. Als er aus dem Wald kam, mit hängendem Kopf und Schwanz, ging sie ihm entgegen, fuhr mit den Händen in sein feuchtes Fell und zog ihn zu sich heran. Mit ihm an der Seite drehte sie sich schweigend um, stellte sich den Eindringlingen entgegen.

»Ich sag Ihnen was«, sagte Kevin mit einem Schulterzucken, bei dem er die Handflächen nach oben drehte. »Ich fliege dort, wo ich zur Miete wohne, sowieso bald raus. Heute abend komme ich hier rauf und bleibe – in der Scheune. Dann sind Sie sehr viel sicherer als mit diesem nutzlosen Köter.«

»Ach, Kev, das ist wirklich eine gute Idee«, sagte Darlene.

Kevin ignorierte sie, hielt den Blick auf Lucy gerichtet. »Übrigens, es sieht ganz danach aus, daß Ihr alter Lastwagen ein paar Nägel aufgelesen hat. Den Platten reparier ich Ihnen noch rechtzeitig vor der Feier; ich kann ja keine zwei herausgeputzten Frauen hinten auf der Harley herumkutschieren. Danach leih ich mir den Laster aus und bring meinen Kram hier herauf.«

»Gute Idee«, wiederholte Darlene. »Bis morgen, Lucy. Viel Spaß mit den *Luminarias*.«

Als die Dunkelheit hereinbrach, wurde der Regen, der immer mal wieder eingesetzt und wieder aufgehört hatte, zu einem beständigen Guß, und der Wind wurde stärker, bis er heulte wie ... wie eine verängstigte Frau, dachte Lucy. Sie wartete bis zur völligen Finsternis und zog dann die Stiefel und den Regenmantel an; als Nick aufstand und winselte, winkte sie ihn zurück. »Ich hab zu tun, alter Junge. Es hat keinen Sinn, daß du naß wirst.«

Sie blieb lange draußen.

Kurz vor Mitternacht richtete sich eine hellwache Lucy in ihrem Kaminsessel auf, lauschte angestrengt in den Wind hinaus und nickte, als sie das Fauchen des großen Motorrads hörte. Soweit sie bemerkt hatte, drosselte Kevin nie das Tempo, nicht bei Regen, schlechten Straßenverhältnissen oder sonstwas.

Auch Nick nahm das Geräusch wahr und reagierte mit einem Winseln und einem leisen Knurren, was ungewöhnlich für ihn war. Gemeinsam saßen sie da, bewegungslos, mit gespitzten Ohren, und hörten das Geräusch verschwinden, als wäre es plötzlich abgeschnitten worden. Jetzt waren nur noch der Regen da und der heulende Wind.

»Du bleibst da, braver Junge«, sagte Lucy, als sie wieder ihre Regensachen anzog. Sie setzte die Kapuze ihres Regenmantels auf, packte ihren Stock und stapfte in die Nacht hinaus.

Die *Luminarias*, immer noch mit der Verlängerungsschnur verbunden, leuchteten durch ihre nachgemachten Papiertüten, selbst die beiden, die jetzt über dem Abgrund baumelten. Behutsam zog Lucy sie hoch, wischte Lehmspuren von ihren glatten Plastikhüllen und befand, daß sie gut aussahen. Dann, immer zwei auf einmal und mit äußerster Sorgfalt, holte sie die zwölf kleinen Tüten mit ihren ein Meter langen Verbindungskabeln vom äußersten Rand der Auffahrt weg und stellte sie wieder in den inneren Bogen, wo Darlene sie ursprünglich aufgereiht hatte.

Die Hälfte war geschafft. Sie holte eine Taschenlampe aus der Manteltasche und ortete kurz darauf die Teile des alten weißen Geländers, das sie zuvor losgerissen und ins Gebüsch gezerrt hatte. Sie brachte die Teile zum Rand der Auffahrt und warf sie den Abgrund hinunter, so weit hinaus, wie sie nur konnte. Gestern war ihr aufgefallen, daß ein Brett einen blauen Kratzer hatte, ein Indiz dafür, daß Kevins Motorrad daran entlanggescharrt war. Wenn man das Motorrad fand, konnte man das überprüfen. Wahrscheinlich aber würde man das Motorrad gar nicht finden. So wie Kevin die Maschine immer aufdrehte, war er dem leuchtenden Pfad der Luminarias vermutlich in vollem Tempo über den Rand des Abgrunds gefolgt.

Wahrscheinlich hatte er die Straße übersprungen und war direkt in den Ozean gesegelt.

Aber davor hatte er nicht nur einen Riesenstapel Holz gehackt; er hatte zudem noch am Scheunendach eine gute, wasserdichte Arbeit verrichtet. Und ihr Haus, ihr warmes, privates Haus, war jetzt schön sauber. Während Lucy diesem sicheren Hafen zusteuerte, gab sie sich flüchtig der Hoffnung hin, daß Darlene bei dieser Fahrt nicht hinten auf dem Motorrad gesessen hatte.

Auf der Veranda drehte sie sich um und schaute auf die Auffahrt hinab, wo die Glühbirnen der *Luminarias* fast wie richtige Kerzen durch den Regen schimmerten. Bei diesem Anblick spürte Lucy tatsächlich so etwas wie Dankbarkeit in sich aufsteigen, und sie fand, daß sie wirklich ganz hübsch waren – noch etwas, was an Weihnachten sympathisch war. Vielleicht bewahrte sie die Lichter für nächstes Jahr auf.

Coup in der Christnacht

Egon Erwin Kisch

Weihnachtsbescherung

»Umherzuschauen bestellt«, so erklärt Faust der schönen Helena die Aufgabe seines Türmers, »scharf zu überspähn, was etwa da und dort sich melden mag.« Meine Aufgabe war die gleiche.

Mochte sich da und dort nur melden, was kaum eine kurze Notiz ergeben hätte, dann machte ich lange Berichte daraus, indem ich es mit Schilderungen des polizeilichen Alltagslebens auffüllte. Einen Raufhandel unter Prostituierten spannte ich in dem Rahmen des Sittenpolizeibetriebs, anläßlich der Einlieferung eines Taschendiebs schilderte ich die anthropometrische und daktyloskopische Kartothek sowie das Verbrecheralbum, aus dem Blutfleck auf einer gefundenen Jacke ergab sich das Kriminologische Laboratorium und aus dem Abtransport von Bettlern der Fahrplan und die Reisevorschriften des Gefangenenwagens.

Sogar die Redaktion des »Polizei-Anzeigers der k. k. Polizei Prag« versuchte ich zu beschreiben. Ich sage »sogar« und »versuchte«, weil diese Zeitung unbeschreiblich war, nämlich unbeschreiblich langweilig – der Tatsache zum Trotz, daß sie einen beneidenswert ausgedehnten Telegrammdienst hatte, der sich auf Verbrechen und Vergehen bezog. Aber die Nachrichten bestanden nur aus Aufzählungen, Namen, Abkürzungen und Nummern; im Inlandsteil standen die Verzeichnisse verlorener und gestohlener Gegenstände und die Personalbeschreibungen von Landstreichern, Geflügeldieben und dergleichen, im Auslandsteil die Steckbriefe, die mittels Zirkulartelegramm automatisch von allen Polizeibehörden Europas einlangten.

Ein einziges Mal hatte auch dieses Wochenblatt eine große Originalnachricht enthalten, eine internationale Sensation, aber Herausgeber und Redakteur waren nichts weniger als erfreut darüber. Hätte ich diesen Vorfall erzählen dürfen, dann hätte das für einen Artikel über die Polizeiredaktion genügt. Das durfte ich jedoch damals nicht, denn es handelte sich um folgenden Steckbrief:

Nr. 1120. KAISER Wilhelm (Sohn des in Charlottenburg bei Berlin verstorbenen KAISER Friedrich), 41 Jahre alt, bislang in der Irrenanstalt von Professor Bülow interniert, ist vor einigen Wochen von dort entwichen und in Marienburg unter Anfällen von Redewut gesehen worden. Besondere Kennzeichen: verkürzter rechter Arm, hochgekämmtes Haar, aufwärts gedrehter Schnurrbart und schnarrende Stimme. Nach demselben, der äußerst gemeingefährlich ist, ist eifrig zu fahnden und ein positives Resultat anher bekanntzugeben.

Pol.-Dir. Prag

In der Tat wurde nun »eifrig gefahndet«, wenn auch nicht nach dem sub Nr. 1120 steckbrieflich Verfolgten, sondern nach dem Unbekannten, der den Fahndungsbefehl Nr. 1120 eingeschmuggelt hatte. Denn die deutsche Reichsregierung – von sämtlichen Polizeibehörden diensteifrig aufmerksam gemacht – verlangte eilige Aufklärung und strengste Bestrafung dieser Majestätsbeleidigung. Es war mehr als eine Majestätsbeleidigung, es war ein politischer Protest gegen den Bruch einer Vereinbarung. Nach dem Flotteninterview, das Kaiser Wilhelm II. der »Daily Mail« gegeben und das im deutschen Reichstag einen Sturm mit beinahe antimonarchistischer Tendenz hervorgerufen hatte, verpflichtete sich Kaiser Wilhelm, fürderhin mit keiner Kundgebung hervorzutreten, die nicht vom Reichskanzler Fürst Bernhard von Bülow gegengezeichnet sei. Und dennoch hatte er nun auf dem Schloß des Deutschen Ritterordens in Marienburg eine säbelrasselnde Rede gehalten.

So »eifrig gefahndet« auch wurde, ein »positives Resultat« wurde nicht bekanntgegeben, wenigstens nicht, soweit es die Person des Mystifikators betraf. Der Prager Polizeidirektor wurde in die Wüste geschickt und der Redakteur des »Polizei-Anzeigers« ins Gefangenenhaus – er konnte von Glück sagen, daß er nur als Verwalter hinkam und nicht als

Häftling. An seine Stelle trat ein junger Pedant, der beim Einlauf von Manuskripten scharf aufpaßte, und besonders auf solche mit dem Anfangsbuchstaben K.

Er vermochte mir nichts zu raten, was ich zum Anlaß einer Schilderung seiner »Zeitung« nehmen konnte, versprach mir jedoch, darüber nachzudenken.

Ohne Zweifel, die anderen Departements waren ergiebiger. Reichten die Erklärungen der Beamten nicht aus, so konnte ich in kriminologischen Büchern Ergänzungen finden. Ich begann diese Art von Büchern zu sammeln und blieb ihnen fast dreißig Jahre lang treu – viertausend Werke über historisch gewordene Verbrechen, Prozesse, Kerker, Hinrichtungen enthielt meine Bibliothek und sollte dereinst als Symptomatologie und Typologie zur wissenschaftlichen Bekämpfung des Verbrechens beitragen; 1933 aber ist sie den Verbrechern selbst in die Hände gefallen und kann ihnen nun als Lehrbehelf dienen.

Wochentags ging ich nur einmal täglich zur Polizei, umherzuschauen, scharf zu überspähn, was etwa da und dort sich melden mag, am Sonnabend jedoch erschien ich zweimal und überspähte noch schärfer, denn es war Ehrensache, am Sonntag einen Solokarpfen im Topf zu haben.

Begreiflicherweise wollte ich einen besonders fetten in der Weihnachtsausgabe auftischen, aber keiner ließ sich angeln, so nahe auch das Fest heranrückte. Alle Abteilungen der Polizei hatte ich bereits überspäht, vergeblich. Mehr aus Verzweiflung denn aus Hoffnung kehrte ich in der langweiligen Redaktion des langweiligen »Polizei-Anzeigers« ein.

»Nichts Neues«, sagte der Kommissar-Redakteur, und ich wollte eben gehen, als ihm ein Telegramm gebracht wurde.

Das ist meine Weihnachtssensation, durchzuckte es mich. Es konnte mich leicht durchzucken, da ich nichts anderes gefunden, was mich hätte durchzucken können. Ich fragte nach dem Inhalt der Depesche. Der Kommissar reichte sie mir mit boshafter Bereitwilligkeit, denn es war nur eine jener zahllosen Zirkulardepeschen, die selbst der emsigste Reporter verschmäht. Sie lautete: »nachtrag zu sechzehn doppelpunkt körpergröße wolodarski nicht ungefähr hundertsechzig sondern hundertsiebzig polizeidirektion przemyśl.«

Dennoch verlangte ich den Fahndungsbefehl sechzehn zu sehen, den das Telegramm richtigstellte, und fand ihn seltsamerweise nicht unter dem Schlagwort »Wolodarski«, sondern unter dem Schlagwort »Wasinski« in einer vierzehn Tage alten Nummer des »Polizei-Anzeigers«. Der Fahndungsbefehl begann mit folgenden Daten: 16. September: E., Steueramt Przemyśl: 4. Oktober: E., Stadtkasse Kaschau; 20. Oktober: E., mit Wg. (2 T.), Regierungsgebäude Teschen; 6. Dezember: E., Finanzamt Olmütz. (»E.« bedeutet Einbruchdiebstahl, »Wg.« Waffengebrauch und »T.« Totschlag.)

Unter diesen Angaben dehnte sich ein Tümpel von Ziffern und Buchstaben, auf dem wie Inseln einige Nummern lagen. Die »Dechiffrierung« ergab, daß der fünfundzwanzig Jahre alte ehemalige Eisendreher Wassili Wasinski aus Przemyśl (besondere Kennzeichen: Daumen und Zeigefinger an der linken Hand fehlen) eine Einbrecherbande von sieben bis acht Männern befehligte: den ehemaligen Schmied und Wanderathleten Franz Adamski, geboren in Zloczew, dreißig Jahre alt, ein Meter zweiundneunzig groß, pockennarbig, Tätowierung auf dem rechten Oberarm, darstellend zwei Hanteln und ein Herz mit dem Namen »Wanda«; den etwa zweiundzwanzigjährigen Handelsangestellten Boris Brünner aus Lemberg, schwarzes oder dunkelbraunes Schnurrbärtchen, spricht polnisch, deutsch und russisch; den siebzehnjährigen Gelegenheitsarbeiter Paul Szafranski, hellrotes Haar, linkes Ohr verstümmelt; drei oder vier unbekannte Männer und jenen ungefähr hundertsechzig – nein, hundertsiebzig Zentimeter langen, achtundzwanzig Jahre alten Schlosser Wladimir Wolodarski aus Kolomea, dem die Nachtragsdepesche galt.

Die Einbrüche der Wasinski-Bande waren Ereignisse im fernen Osten der Monarchie, ich aber bedurfte eines Prager Lokalfalles und mußte daher die Verbrechergruppe auf irgendeine Weise mit Prag in Zusammenhang bringen, wenigstens in der Form, daß die Prager Polizei vor ihr gewarnt worden sei. (Daß die Warnung an alle Polizeibehörden Europas ging, brauchte ich ja nicht zu erwähnen.)
Die Nummern der Przemyśler, Kaschauer, Teschener und Olmützer Zeitungen, in denen über die Amtseinbrüche berichtet wurde, waren leicht beschafft, und ich studierte

sie. In jeder Stadt hatte sich mein dortiger Kollege selbstverständlich nur mit dem dortigen Ereignis befaßt. Der Przemyśler Reporter hatte noch nicht gewußt, daß der Einbruch im Steueramt von der Wasinski-Bande verübt wurde, hingegen verfügte er über eine Personenbeschreibung von zweien der Täter. Genauere Angaben brachte die Kaschauer Zeitung; sie stammten von einem Bürger, dessen Mieter, Polen, plötzlich verschwunden waren, unmittelbar nach dem Raub in der Stadtkasse. In Teschen war die Kolonne im Regierungsgebäude überrascht worden, konnte aber entkommen, nachdem sie zwei ihrer Verfolger durch Kopfschüsse getötet und die anderen eingeschüchtert hatte. Vor dem Gebäude des

Olmützer Finanzamtes war am Tage des Einbruchs ein etwa sechzehnjähriger Bursche mit Pelzmütze aufgefallen, der dort mehrere Stunden lang gewartet hatte.

Summiert ergaben der Steckbrief und die Zeitungsberichte aus den vier Städten ziemliche Klarheit über die Rollenverteilung und die Taktik der Einbrecher. Sie hatten zum erstenmal ihre Tätigkeit aus Galizien in ein Nachbarland verlegt; daß sie hier der Landessprache unkundig waren und deshalb auffallen mußten, schien ihnen kein so arger Nachteil wie der, daheim allzu polizeibekannt zu sein. Dieses Prinzip bauten sie aus: Nach der ungarischen Stadt Kaschau wählten sie, anstatt irgendeinen nahen Ort in Ungarn heimzusuchen, das schlesische Teschen zum Arbeitsgebiet und nachher das mährische Olmütz, um nicht wieder in dem Land aufzutreten, in dem ihr letztes Verbrechen die Behörden und Zeitungen noch beschäftigte. Nie kehrten sie in ein Hotel ein, sondern mieteten eine oder zwei private Wohnungen unter dem Namen Kriwow, Elsnerowicz, Dembitzky und Radowicz, auf welche ihre Papiere lauteten. Mit den Vorarbeiten zum Einbruch begannen sie an Samstagabenden, um zur eigentlichen Ausplünderung die sonntägliche Amtsruhe zu benützen.

Mein Artikel gipfelte in dem Schluß, der Trupp, von Przemyśl über Kaschau nach Teschen und Olmütz kommend, könne als nächste Station nur Prag gewählt haben. »Da Wasinski und seine Leute«, so schloß ich, »mit Vorliebe am Samstag und Sonntag arbeiten, werden sie gewiß die Stille des Heiligen Abends zur Vorbereitung eines großen Coups benutzen und gegebenenfalls vor einer Bluttat nicht zurückschrecken, so daß die Prager Detektive diesmal keine Weihnachtsruhe werden halten können.«

Es ist wahr, diese Folgerung war eigentlich die Voraussetzung meines Artikels. Ohne sie hätte ich mir nicht die Mühe gemacht, ihn zu schreiben, hätte irgendeinen Bericht über irgendeinen Vorfall aus irgendeinem ausländischen Blatt ausschneiden können. Nur durch diese Konklusion war der Artikel zu einem lokalen gestempelt, erst durch sie war seine Ausführlichkeit begründet.

Aber so apodiktisch wurde ich nur, weil sich, während ich schrieb, die Glieder der Verbrechenreihe lückenlos ineinanderfügten und die logische Folge sich mit solcher Selbstverständlichkeit ergab, daß ich schließlich überzeugt war, die galizischen Einbrecher seien bereits in Prag und mitten in ihrer Arbeit. Zum erstenmal erlebte ich das Phänomen, durch schriftliche Festlegung eines Sachverhalts, durch graphische Deduktion zu einer Lösung des Problems zu gelangen.

Am Weihnachtsabend wird in allen Zeitungsdruckereien die Festnummer um sechs Uhr abends fertiggestellt, und Arbeiter und Angestellte verlassen den Betrieb, um im Kreise der Ihren an der Bescherung teilzunehmen. Ich aber ging, sosehr ich mich über mich lustig machte, zur Kleinseite hinüber, dem Stadtteil der Ämter, in der Hoffnung, einer Gruppe polnisch sprechender Männer zu begegnen oder vor der Staatskasse einen jungen Mann, die Pelzmütze über ein beschädigtes Ohr und rotes Haar gestülpt, Schmiere stehen zu sehen. Selbstverständlich traf ich, so scharf ich auch den wirbelnden Schnee durchspähte, nichts dergleichen an. Nur eilende Menschen mit Geschenken und die letzten Spielzeugverkäufer sah ich und den Abtransport unverkaufter Tannenbäumchen.

Am nächsten Morgen erschien die Weihnachtsnummer der »Bohemia«, Leser und Leserinnen lasen meine Prophezeiung für den gestrigen Abend, als Sie durch den Ruf »Extra-Ausgabe« unterbrochen wurden ...

In der Stille der Heiligen Nacht hatte sich nämlich folgendes begeben: In einem Hause nahe dem Hauptpostamt ging gegen acht Uhr abends eine Köchin in den Keller, um Wein zu holen. Unten vernahm sie Axtschläge, die ihr am Weihnachtsabend besonders verdächtig vorkamen, und sie alarmierte die Nachbarn. Als diese in den Keller hinabsteigen wollten, knallten ihnen Schüsse entgegen. Erschreckt liefen die Hausbewohner, darunter zwei als Weihnachtsmänner verkleidete Familienväter, auf die Straße. Sie sahen zu ihrem Staunen einige Männer aus dem Nachbarhaus herausstürzen und eilten ihnen nach. Die Flüchtigen schossen und verletzten vier ihrer Verfolger.

Zufällig kam der Gefängnisaufseher des Strafgerichts, Kautsky (ein Vetter des sozialistischen Theoretikers Karl Kautsky), des Weges; mit beruflichem Griff packte er einen Fliehenden an der Schulter, aber dieser feuerte eine Revolverkugel auf Kautsky ab, riß sich los und verschwand im Neubau eines Eckhauses. Ein anderer, ein Hüne, stolperte und stürzte zu Boden. Bevor er sich aufzurichten vermochte, umklammerten Passanten seine Arme und Beine und hielten ihn fest, bis die Polizei ihm Handschellen anlegte. Die übrigen entkamen.

Auf dem Bürgersteig vor dem Neubau lag röchelnd Gefängnisaufseher Kautsky und starrte auf die beiden über ihn gebeugten Greise mit Bärten aus Schnee und sternbesäten Mänteln. Ein Arzt stellte fest, daß für Kautsky keine Hilfe mehr möglich sei, und wandte sich den anderen vier Verletzten zu. Aus allen Fenstern schauten die Menschen auf die Straße hinab, und hinter ihnen glitzerte der Glasschmuck der Weihnachtsbäume.

In dem Neubau, in dem der Mörder Kautskys veschwunden war, suchten Polizeimänner und Polizeihunde die Gerüste ab, die Materialaufzüge, die Ziegel- und Bretterhaufen.

Ebenso wurde das Haus durchforscht, in dessen Keller die Männer überrascht worden waren; sie hatten die Wände zu den Kellern der beiden Nachbarhäuser durchbrochen, um im Falle einer Entdeckung nach verschiedenen Seiten flüchten zu können. Aus dem an die Hauptpost grenzenden Privathaus war ein Weg zum Kassenraum der Post freigelegt. Dort, wo viermal hunderttausend Kronen in bar und Postwertzeichen für etwa eine halbe Million Kronen lagen, hatten die Einbrecher während der Feiertage ihr Werk tun wollen.

Der gestolperte und festgenommene Mann war auf die Polizeistube gebracht worden. Als ich dort ankam, hörte ich, wie man in allen Sprachen auf ihn einredete, denn aus einigen unverständlichen Worten, die die Fliehenden einander zugerufen, schloß man, daß es sich um Ausländer handle. Aber der flachstirnige Riese reagierte auf keines der englischen, italienischen und französischen Worte, teilnahmslos schaute er ins Leere. Neben einem verlöschten Christbaum saß er, den Rücken an die Stuhllehne gepreßt, den Kopf steif hochgereckt, die Beine gefesselt, die Hände mit Handschellen vor dem Bauch aneinandergeschlossen. Er sah aus wie ein Entfesselungskünstler bei Beginn der Vorstellung, und das Wort »Wanderathlet« fiel mir ein, das ich heute in meinem Artikel verwendet hatte.

Hinter dem Weihnachtsbaum stehend, rief ich: »Adamski«.

Im gleichen Augenblick vernahm man das Klirren aneinanderschlagenden Metalls. Polizisten sprangen auf den Verhafteten zu und packten ihn an den Armen, denn sie dachten nichts anderes, als daß er seine Fesseln gesprengt habe. Aber er hatte sich nur jäh umgewandt.

Was also hatte so unheimlich geklirrt? Man tastete ihn nun gründlich ab und entdeckte sechs je einen Meter lange Eisenstäbe, die er auf den Rücken geschnallt trug, und eine Stahlschere. Die Stücke ließen sich ineinanderschrauben, so daß die Hebellänge der Schere sechs Meter betrug. Eine Maulstange von dieser Länge, deren Handhabung mehrere Manner erforderte, war noch niemals bei Geldschrankknackern gefunden worden, selbst Papacosta, der Bahnbrecher der modernen Einbruchstechnik, hatte mit einer Maulstange von nur zweieinhalb Metern gearbeitet.

Während der Besichtigung dieses erstaunlichen Instruments wandte sich der Regierungsrat Olitsch an mich: »Was haben Sie denn gerufen?«

»Ich habe seinen Namen genannt.«

»Seinen Namen? Welchen Namen? Wieso wissen Sie seinen Namen?«

»Der Mann heißt Franz Adamski, ist ein Meter zweiundneunzig groß, dreißig Jahre alt, gewesener Schmied und Wanderathlet aus Zloczew und gehört der Einbrecherbande Wasinski an.«

Regierungsrat Olitsch fragte den Gefesselten: »Franz Adamski?« Der Riese hatte seinen Blick ins Leere wiedergefunden. »Tlupa Wasinski?« Er blieb stumm.

Ich ging an ihn heran und wies auf seinen Oberarm. »Wanda?« Aus pockennarbigem Gesicht richteten sich fassungslose, drohende Augen gegen mich. Man löste die Handschellen (an ihre Stelle traten mindestens zwölf Polizistenhände) und entblößte seinen Arm: zwei gekreuzte Hanteln und ein flammendes Herz mit dem Namen »Wanda«.

»Der von uns angekündigte Amtseinbruch in der Weihnachtsnacht – die Bluttat Wasinskis wirklich verübt«, stand großspurig als Überschrift auf der Extra-Ausgabe, die wir am Weihnachtsmorgen herausbrachten. Als Motto war der Schluß meines gestrigen Artikels gewählt, und der Bericht begann so: »Diese Worte haben wir gestern geschrieben. Unsere Voraussage hat sich wörtlich erfüllt. Die Prager Detektive konnten keine Weihnachtsruhe halten. Sie forschen nach der Bande Wasinskis, die den von uns angekündigten ›großen Coup‹ am Heiligen Abend mitsamt der von uns prophezeiten Bluttat in Prag verübte …«

Das Meldeamt war noch in der Nacht nach den Namen, die ich den galizischen, schlesischen und mährischen Zeitungen entnommen hatte, ohne Ergebnis durchforscht worden. Am frühen Morgen jedoch erschien bei der Polizei ein Hausbesitzer, der von dem Verbrechen noch nichts wußte, aber im Bericht der »Bohemia« den Namen Elsnerowicz gelesen hatte; er meldete, daß in sein Haus vor ein paar Tagen ein Ingenieur Elsnerowicz mit seinen Brüdern eingezogen sei. Eilig fuhren die Polizisten zur Wohnung. Die

Mieter waren verschwunden. Man durchsuchte die Räume und verhörte den Hausbesorger.

Inzwischen standen wir Journalisten auf dem Korridor, umgeben von den Hausbewohnern, die sich als Nachbarn von solch wichtigen Verbrechern sehr wichtig vorkamen. Sie bemühten sich, uns ihre Beobachtungen zu vermitteln, zum Beispiel, diese Kerle hätten jeden Tag ein ganzes Kilo Schinken zum Frühstück verzehrt! Aufgeregt stieß der Friseur, der im Haus seinen Laden hatte, auf uns zu, um die Öffentlichkeit darüber aufzuklären, daß er einen von diesen Kerlen vorgestern rasierte, und der habe es abgelehnt, sich nachher das Gesicht mit Alkohol abreiben und pudern zu lassen!

Schon das Kilo Schinken bot für die Ausforschung der Täter wenig Anhaltspunkte, wenn man es auch allenfalls in einen Zeitungsbericht einfügen konnte, aber mit dem Verzicht auf Puder und Alkohol ließ sich gar nichts anfangen.

Ein Mieter, er betonte, Oberbuchhalter zu sein, wollte es unbedingt gedruckt sehen, daß ihm die Kerle gleich nicht gefallen hätten; er könne für sein diesbezügliches Urteil eine Reihe von Zeugen anführen, seine Frau zum Beispiel. Eine Mutter stellte uns ihr dreizehnjähriges Töchterchen vor, das vorgestern zu spät zum Mittagessen gekommen war, weil es einen von diesen Kerlen zum Postamt auf dem Comeniusplatz führte. Ein anderer Hausbewohner hatte einem dieser Kerle das nächste Wäschegeschäft gezeigt, wo er ...

Der Oberbuchhalter unterbrach ihn mit der Frage an uns, ob er seine Bemerkung, daß ihm die Kerle gleich nicht gefallen hätten, den Herren von der Polizei melden solle; er habe Zeugen, seine Frau zum Beispiel erinnere sich ganz genau.

Die Mutter des dreizehnjährigen Mädchens schrie über ihn hinweg, ihr Kind sei eine volle Stunde zu spät zum Essen gekommen, wie leicht hätte der Kerl es in dieser Zeit umbringen können.

»Man müßte alle Ausländer aufhängen«, schlug eine korpulente Dame vor, »dann werden die Verbrechen in der ganzen Welt gleich aufhören. Schreiben sie in die Zeitung, meine Herren, man soll einfach alle Ausländer aufhängen!«

Ich wandte mich an das kleine Mädchen: »Sag mal, warum hast du den Mann nicht zum Postamt in der Tylstraße geführt? Das ist doch näher.«

»Dorthin sind wir zuerst gegangen, aber dort sagten sie ihm, man kann von dort nicht telegrafieren. So habe ich ihn zur Post auf dem Comeniusplatz geführt.«

»Die Suppe war eiskalt geworden«, rief die Mutter, »eine Stunde wegzubleiben! Na, ich habs ihr aber gegeben.«

Ein Telegramm? Das könnte eine Spur sein. Aber würde ein Einbrecher den Anhaltspunkt zu solcher Spur in das Haus legen, das bald alarmiert sein mußte? »Hat er dich hier im Haus angesprochen?« fragte ich das Kind.

»Nein, in der Prokopstraße, ich ging aus der Schule.«

Das Telegramm war eine Spur. Auf dem Postamt Comeniusplatz eruierte die Polizei das vorgestern mittags aufgegebene Telegramm. Es war an einen Villenbesitzer in Czernowitz (Bukowina) gerichtet, und der Absender Fritz kündigte an, er werde nach den Feiertagen mit Frau und Kind zu Besuch kommen.

Die Czernowitzer Polizei wurde verständigt, sie drang durch Tür und Fenster in die Villa ein und überwältigte Wasinski und seine Leute trotz ihrer und ihrer Revolver Gegenwehr. Einer von den beiden, die in diesem Kampf erschossen wurden, war mein Wolodarski. Er starb, ohne zu wissen, daß er den ersten Anstoß zu dem Debakel gegeben hatte, weil er zehn Zentimeter länger war, als ein Fahndungsbefehl angab.

So episch auch der Wasinski-Fall war, so elegisch sang ihn nach entsprechendem Zeitablauf der blinde Methodius in unserem Hof. Diese Transponierung ins Sentimentale war einem Schmachtfetzen zu danken, der damals durch die Welt tremolierte:

»Zu jener Zeit, wie liebt ich dich, mein Leben
Ich hätt geküßt die Spur von deinem Tritt
Hätt gerne alles für dich hingegeben
Und dennoch: du, du hast mich nie geliebt ...«

Den Erfolg des Liedes hatte der Verfasser des Bänkels in seinen Dienst gestellt, indem er den Text umdichtete.

Die Familie des braven Kerkermeisters Kautsky harrt am Heiligen Abend ihres Ernährers, ohne zu ahnen, daß dieser zur gleichen Stunde mit dem bösesten Feind der Menschheit ringt, mit Wasinski. Während die Kinder beschenkt werden, verblutet der Vater auf dem kalten Pflaster der Heinrichgasse.

Fehl wäre es zu glauben, eine so triste Moritat habe kein Anrecht auf ein ebenso häppisches Happy-End wie ein Rührfilm. Zwar hat der Himmel die Familie Kautsky gestraft (wofür?), aber gleichzeitig ist der Himmel voller Barmherzigkeit und verwandelt das Unglück in Glück, denn am gleichen Tage avanciert der Bruder des Getöteten zum Wachinspektor, so daß er nunmehr die verwitwete Schwägerin und die verwaisten Neffen unterstützen kann.

Für mich hatte der Wasinski-Fall nicht einmal einen so bescheidenen glücklichen Ausgang. Meine Ankündigung des Verbrechens gab dem Sicherheitsbüro nur Anlaß zu Mißtrauen gegen mich, man glaubte mir nicht, daß ein großer Zufall und eine kleine Kombination die Grundlage der Voraussage waren, am unglaubhaftesten aber erschien meine Behauptung, ich hätte den »Polizei-Anzeiger« gelesen.

»Gehört etwa auch das Telefonbuch zu Ihrer Lektüre?« fragte mich Regierungsrat Olitsch sarkastisch.

Eher vermutete er, daß ich überirdische oder unterirdische Beziehungen unterhalte, als daß ich meine Weisheit aus dem amtlichen Blättchen geschöpft. Die Beamten verhielten sich von nun an reserviert gegen mich. Selbst irgendeine gewöhnliche Ergänzung zu irgendeinem gewöhnlichen Steckbrief zeigte man mir nie wieder.

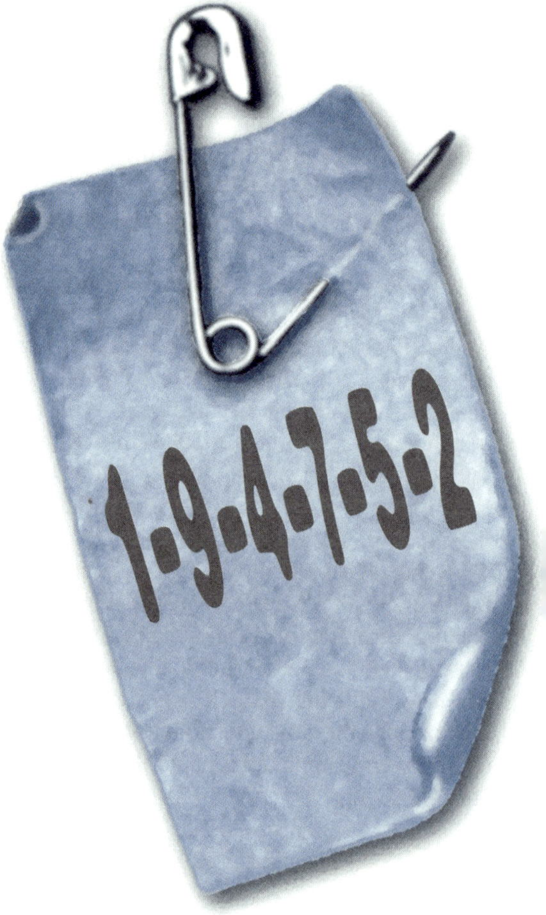
1-9-4-7-5-2

Mary Higgins Clark

Einmal Millionär sein

Wenn Wilma Bean nicht auf Besuch bei ihrer Schwester Dorothy in Philadelphia gewesen wäre, wäre es nie passiert. Ernie, der ja gewußt hatte, daß Wilma sich die Ziehung am Fernsehen angesehen hätte, wäre um Mitternacht von seiner Arbeit als Nachtwächter im Einkaufszentrum von Paramus, New Jersey, nach Hause geeilt, und dann hätten sie miteinander gefeiert. *Zwei Millionen Dollar!* Das war die Summe, die sie bei der Weihnachtsziehung gewonnen hatten.

Doch da Wilma ihrer Schwester Dorothy in Philadelphia einen vorweihnachtlichen Besuch abstattete, schaute Ernie auf ein, zwei Gläser im Shamrock vorbei und fuhr dann in die Harmony-Bar weiter, die nur sechs Querstraßen von seinem Haus in Elmwood Park entfernt lag. Dort nickte Ernie Lou, dem Besitzer, der hinter der Theke stand, glücklich zu, bestellte seinen dritten Whiskey mit Seven-up, schlang seine dicken, sechzig Jahre alten Beine um den Barhocker und dachte träumerisch darüber nach, wofür er und Wilma ihren neugewonnenen Reichtum ausgeben würden.

In diesem Augenblick fielen seine wäßrigen blauen Augen auf Loretta Thistlebottom, die auf dem Hocker in der Ecke thronte, einen Krug Bier in der einen, eine Marlboro in der anderen Hand. Ernie dachte, daß Loretta eine sehr attraktive Frau war. Heute abend fiel ihr das platinblonde Haar in einem Pagenkopf auf die Schultern, ihr rosa Lippenstift unterstrich farblich ihre großen, dunkellila umrahmten grünen Augen, und ihre üppige Oberweite hob und senkte sich mit sinnlicher Regelmäßigkeit.

Ernie betrachtete Loretta mit fast unpersönlicher Bewunderung. Es war allgemein bekannt, daß Loretta Thistlebottoms Mann Jimbo Potters, ein bulliger Lastwagenfahrer, extrem stolz darauf war, daß Loretta früher einmal als Tänzerin gearbeitet hatte, und daß er extrem eifersüchtig war. Es hieß, er würde nicht davor zurückschrecken, Loretta zu verprügeln, falls sie anderen Männern gegenüber zu freundlich war. Aber da Lou, der Barmann, Jimbos Cousin war, hatte Jimbo nichts dagegen, wenn Loretta die Abende, an denen Jimbo einen Langstreckentransport hatte, in der Kneipe verbrachte. Schließlich traf sich hier die ganze Nachbarschaft. Viele Frauen kamen zusammen mit ihren Männern, und wie Loretta oft meinte: »Jimbo kann von mir doch nicht erwarten, daß ich mich allein vor den Fernseher setze oder zu Tupperware-Partys gehe, wenn er Knoblauchzehen oder Bananen über die Route One kutschiert. Als ein Mensch, der in eine Show-Biz-Familie hineingeboren ist, muß ich einfach immer Leute um mich haben.«

Ihre Showbusiness-Karriere war bei Loretta ein häufiges Gesprächsthema und nahm mit den Jahren immer größere Bedeutung an. Das war auch der Grund, warum Loretta, obwohl sie dem Gesetz nach eigentlich Mrs. Jimbo Potters war, sich selbst immer noch Thistlebottom nannte und ihren Bühnennamen verwendete.

In dem düsteren Licht der nachgemachten Tiffany-Lampe über der stark verkratzten Theke bewunderte Ernie Loretta im stillen und dachte sich, daß sie eine noch ganz gute Figur hatte, eine sehr gute sogar, obwohl sie bestimmt schon Mitte Fünfzig sein mußte. Aber so sehr interessierte ihn das auch wieder nicht. Der Lottoschein mit den richtigen Zahlen, den er sich ans Unterhemd geheftet hatte, wärmte ihm das Herz. Es fühlte sich an, als habe er dort ein glühendes Feuer. Zwei Millionen Dollar. Das waren vor Abzug der Steuern hunderttausend Dollar im Jahr, und das zwanzig Jahre lang. Das würde ihnen weit bis ins einundzwanzigste Jahrhundert reichen. Bis dahin konnte man vielleicht sogar schon mit einer Reisegruppe auf den Mond fliegen.

Ernie versuchte sich den Ausdruck auf Wilmas Gesicht vorzustellen, wenn sie die guten Neuigkeiten erfuhr. Wilmas Schwester Dorothy hatte keinen Fernsehapparat und hörte nur selten Radio, so daß Wilma unten in Philadelphia nicht wissen würde, daß sie jetzt reich war. Im ersten Augenblick, als er die Nachricht in seinem Transistorradio gehört hatte, war Ernie versucht gewesen, sofort ans Telefon zu laufen und Wilma anzurufen, hatte sich aber noch im selben Moment gedacht, daß das keinen großen Spaß machen würde: Jetzt lächelte Ernie glücklich, und sein rundes Pfannkuchengesicht legte sich in tausend fröhliche Falten, als er sich Wilmas morgige Ankunft bildlich vorstellte. Er würde sie in

Newark vom Bahnhof abholen. Sie würde ihn fragen, wie nahe sie an einen Gewinn herangekommen waren. »Hatten wir zwei Richtige? Oder drei?« Er würde ihr sagen, daß sie keine der Gewinnkombinationen hatten. Dann, wenn sie nach Hause kamen, würde sie ihren Strumpf am Kaminsims finden, so wie sie es seit ihrer Hochzeit immer gehalten hatten. Damals hatte Wilma Strümpfe und Strapse getragen. Jetzt trug sie Strumpfhosen in Übergrößen, so daß sie bis zu den Zehen hinunter nach dem Schein würde graben müssen. Er würde sagen: »Such nur ruhig weiter; warte, bis du die Überraschung siehst.« Er konnte sich richtig vorstellen, wie sie aufschreien und die Arme um ihn werfen würde.

Wilma war ein verdammt ansehnliches junges Ding gewesen, als sie vor vierzig Jahren geheiratet hatten. Sie hatte immer noch ein hübsches Gesicht, und ihr weiches, weißblondes Haar fiel immer noch in Naturlocken. Sie war kein Revuegirl-Typ wie Loretta, aber sie war genau die Richtige für ihn. Manchmal wurde sie zwar etwas übellaunig, weil er mit den anderen ab und zu gern einen heben ging, aber im großen und ganzen war Wilma in Ordnung. O Junge, was würde das heuer für ein Weihnachten werden. Vielleicht würde er mit ihr zu Fred, dem Pelzhändler, gehen und ihr einen Biberfellmantel oder so etwas kaufen.

Ernie malte sich aus, welche Freude es ihm bereiten würde, seine Großzügigkeit zu zeigen, und bestellte seinen vierten Whiskey. Aber seine Gedanken wurden in eine andere Richtung gelenkt, als ihm auffiel, was für ein seltsames Ritual Loretta Thistlebottom in diesem Moment vollführte. Alle ein, zwei Minuten legte sie die Zigarette aus der rechten Hand in den Aschenbecher, stellte den Bierkrug in ihrer linken Hand auf die Theke und kratzte sich heftig Innenfläche, Finger und Rücken der rechten Hand mit den langen, spitzen Finger-

nägeln der linken Hand. Ernie sah, daß ihre rechte Hand entzündet war; sie war feuerrot und mit kleinen, übel aussehenden Pusteln bedeckt.

Es wurde spät, und die Leute gingen allmählich. Das Paar, das neben Ernie und schräg gegenüber von Loretta gesessen war, stand ebenfalls auf. Loretta, die merkte, daß Ernie sie beobachtete, zuckte mit den Schultern. »Giftsumach«, erklärte sie. »Würden Sie das für möglich halten, Giftsumach im Dezember? Dieser beschränkten Schwester von Jimbo ist doch eines Tages nichts Besseres eingefallen, als daß sie es mal mit der Gärtnerei versuchen könnte, und ihr armer Trottel von Mann mußte ihr die Küche als Gewächshaus ausstaffieren. Und was wächst dort? Unkraut und Giftsumach. Dazu braucht man wirklich Talent.« Loretta zuckte mit den Achseln und nahm den Bierkrug und die Zigarette wieder in die Hand. »Und wie ist es Ihnen ergangen, Ernie? Gibt's irgendwas Neues in Ihrem Leben?«

Ernie war vorsichtig. »Nicht viel.«

Loretta seufzte. »Bei mir auch nicht. Immer die alte Leier. Jimbo und ich, wir sparen, damit wir hier wegkommen, wenn er nächstes Jahr zu arbeiten aufhört. Jeder erzählt mir, daß es in Fort Lauderdale hoch hergehen soll. Aber für die vielen Jahre, die er jetzt auf dem Lastwagen hockt, kriegt Jimbo nicht gerade einen Haufen Kohle. Ich rechne ihm die ganze Zeit vor, wieviel Geld ich als Bedienung dazuverdienen könnte, aber er will nichts davon hören, daß irgend jemand mit mir herumflirtet.« Loretta rieb sich ihre Hand an der Theke und schüttelte den Kopf. »Können Sie sich vorstellen, daß Jimbo nach fünfundzwanzig Jahren immer noch glaubt, daß jeder Kerl auf der Welt hinter mir her ist? Irgendwo ist das ja recht schmeichelhaft, aber es kann auch ziemlich lästig sein.« Loretta seufzte, ein Seufzer, in dem ihre ganze Weltverdrossenheit lag. »Jimbo ist der leidenschaftlichste Mann, den ich jemals kennengelernt habe, und das will was heißen. Aber wie meine Mutter immer zu sagen pflegte, macht so ein kleiner Hüpfer noch mehr Spaß, wenn eine pralle Brieftasche zwischen der Sprungfeder und der Matratze liegt.«

»Das hat Ihre Mutter gesagt?« Ernie wunderte sich über deren praktischen Sinn. Er nahm einen Schluck von seinem vierten Drink aus Seagrams-Whiskey und Seven-up.

Lorena nickte. »Alle haben sie ausgelacht, aber sie hat gesagt, wie es ist. Aber was soll's. Vielleicht gewinne ich ja eines Tages im Lotto.«

Die Versuchung war zu groß. Ernie schlüpfte, so schnell sein aus der Fasson geratener Körper das erlaubte, über die beiden leeren Barhocker. »Zu schade, daß Sie nicht mein Glück haben«, flüsterte er.

Als Lou von der Theke her brüllte: »Letzte Runde, Leute«, klopfte sich Ernie auf den breiten Brustkorb an der Stelle direkt über seinem Herzen.

»Hier, Loretta, hier liegen Sie richtig. Bei der Weihnachtsziehung gab es sechzehn Scheine mit den richtigen Zahlen. Einer davon ist genau hier an meinem Unterhemd befestigt.« Ernie merkte, daß seine Zunge immer schwerer wurde. Seine Stimme sank zu einem verstohlenen Flüstern ab. »*Zwei Millionen Dollar.* Was sagen Sie dazu?« Er legte den Finger auf die Lippen und zwinkerte.

Loretta ließ ihre Zigarette fallen und achtlos auf der schon sehr ramponierten Oberfläche der Theke verglühen.

»Das ist doch nicht Ihr Ernst!«

»Es ist mein Ernst.« Jetzt fiel ihm das Sprechen wirklich schwer. »Wilma und ich, wir tippen immer dieselben Zahlen: 1-9-4-7-5-2. 1947, weil das das Jahr ist, in dem ich die High-School abgeschlossen habe. Und '52 ist das Jahr, in dem Klein Willie auf die Welt gekommen ist.« Sein triumphierendes Lächeln ließ keinen Zweifel an seiner Ehrlichkeit zu. »Das Verrückte daran ist, daß Wilma es bis jetzt noch gar nicht weiß. Sie ist auf Besuch bei ihrer Schwester Dorothy und kommt erst morgen wieder heim.«

Ernie suchte nach seiner Brieftasche und gab das Zeichen, daß er bezahlen wollte. Lou kam zu ihm und beobachtete, wie Ernie vom Hocker rutschte und unsicher schwankend auf den Beinen stand. »Ernie, warte einen Moment«, befahl ihm Lou. »Du bist doch sternhagelvoll. Ich fahre dich heim, wenn ich zugesperrt habe. Du mußt deinen Wagen stehen lassen.«

Beleidigt steuerte Ernie die Tür an. Lou hatte doch tatsächlich gewagt, ihm ins Gesicht zu sagen, er sei sternhagelvoll. Was für eine Nervensäge. Ernie öffnete die Tür zur Damentoilette und war schon in einer Kabine gelandet, ehe er seinen Irrtum überhaupt bemerkte.

Loretta ließ sich vom Barhocker gleiten und meinte schnell: »Lou, ich fahre ihn nach Hause. Er wohnt doch nur zwei Straßen von mir entfernt.«

Lou runzelte die knochige Stirn. »Das sieht Jimbo vielleicht nicht so gern.«

»Dann sag es ihm halt nicht.« Sie sahen zu, wie Ernie schwankend wieder aus der Damentoilette kam. »Glaubst du wirklich, der macht sich noch an mich heran?« fragte sie verächtlich.

Lou traf schließlich die Entscheidung. »Du tust mir damit wirklich einen Gefallen, Loretta, *aber sag's bloß Jimbo nicht.*«

Loretta ließ ihr übertrieben kehliges Lachen ertönen. »Glaubst du vielleicht, ich will meine neuen Kronen riskieren? Das dauert immerhin noch ein Jahr, bis die abbezahlt sind.«

Irgendwo hinter sich konnte Ernie undeutlich laute Stimmen und Gelächter ausmachen. Plötzlich fühlte er sich

ziemlich miserabel. Das gesprenkelte Muster des Fliesenbodens fing zu tanzen an und ließ Flecken vor seinen Augen herumwirbeln, daß ihm übel wurde. Er spürte, wie ihn jemand am Arm packte. »Ich bringe Sie jetzt nach Hause, Ernie.« Durch das Dröhnen in seinen Ohren erkannte Ernie Lorettas Stimme.

»Das is' verdammt nett von Ihnen, Loretta«, murmelte er. »Ich hab' wohl zuviel gefeiert.« Undeutlich hörte er noch, wie Lou etwas von einem Weihnachtsdrink auf Kosten des Hauses erzählte, wenn er wiederkommen und seinen Wagen holen würde.

In Lorettas angejahrtem Pontiac Bonneville legte er den Kopf auf die Lehne zurück und schloß die Augen. Er bekam überhaupt nicht mit, daß sie bereits in seiner Auffahrt angekommen waren, bis Loretta ihn wachrüttelte. »Geben Sie mir Ihren Schlüssel, Ernie. Ich helfe Ihnen ins Haus.«

Sie legte ihm den Arm um die Schultern und hielt ihn so im Gleichgewicht. Ernie hörte, wie der Schlüssel im Schloß klapperte, und spürte, wie ihn seine Füße durch das Wohnzimmer und dann das kurze Stück den Gang hinunter trugen.

»Welches?«

»Welches was?« Ernie konnte seine Zunge einfach nicht aus ihrer Erstarrung lösen.

»Welches Schlafzimmer?« Lorettas Stimme klang gereizt. »Jetzt kommen Sie schon, Ernie. Sie sind nicht gerade ein Leichtgewicht. Oh, vergessen Sie's. Es muß das andere sein. Das hier ist ja voll mit diesen Vogelplastiken, die Ihre Tochter immer macht. Mann, die könnten Sie nicht einmal als Tombolagewinn einer Klapsmühle stiften. Kein Mensch ist so verrückt.«

Instinktiv loderte in Ernie eine Flamme der Abneigung hoch, als Loretta sich so abfällig über seine Tochter Wilma jr., Klein Willie, wie er sie nannte, äußerte. Klein Willie hatte nämlich wirklich Talent. Eines Tages würde sie eine berühmte Bildhauerin sein. Seit sie 1968 vorzeitig von der Schule abgegangen war, lebte sie in New Mexico und arbeitete als Kellnerin bei McDonald's. Tagsüber töpferte sie und stellte ihre Vogelplastiken her.

Ernie spürte, wie er umgedreht und aufs Bett geworfen wurde. Seine Knie gaben nach, und er hörte das vertraute Quietschen der Sprungfedermatratze. Er seufzte dankbar, streckte sich im selben Augenblick und war sofort hinüber.

Wilma Bean und ihre Schwester Dorothy hatten einen angenehmen Tag verbracht. Ab und an machte es Wilma sogar Spaß, mit Dorothy, die mit ihren dreiundsechzig Jahren fünf Jahre älter war als sie, zusammenzusein. Das Schlimme an ihr war nur, daß Dorothy ausgesprochen besserwisserisch war und es nicht lassen konnte, Ernie und Klein Willie ständig zu kritisieren, was Wilma nicht immer ertragen konnte. Aber im Grunde tat ihr Dorothy leid. Ihr Mann hatte sie vor zehn Jahren verlassen und lebte nun mit seiner zweiten Frau, einer Karatelehrerin, in Saus und Braus. Mit ihrer Schwiegertochter kam Dorothy auch nicht sehr gut aus: Außerdem mußte Dorothy immer noch halbtags als Schadensbearbeiterin in einem Versicherungsbüro arbeiten, wo sie, wie sie oft zu Wilma sagte und worauf sie großen Wert legte, mit getürkten Versicherungsansprüchen nicht so leicht hinters Licht zu führen war.

Nur wenige Leute glaubten, daß sie Schwestern waren. Dorothy war, um es mit Ernies Worten auszudrücken, ein rappeldürres Gestell. Mit ihrer kerzengeraden Haltung und dem dünnen, grauen Haar, das sie in einem strengen Nackenknoten trug, wäre sie die Idealbesetzung für eine strenge Dorfschullehrerin gewesen. Wilma wußte, daß Dorothy immer noch eifersüchtig auf sie war, weil sie die Hübschere von beiden gewesen war. Und obwohl Wilma ziemlich in die Breite gegangen war, war ihr Gesicht faltenlos geblieben, und auch das neidete ihr Dorothy. Aber dennoch, Blut ist dicker als Wasser, das war nun mal Wilmas Meinung, und alle vier Monate ungefähr ein Wochenende in Philadelphia zu verbringen – besonders um die Feiertage herum –, war immer recht nett.

An dem Nachmittag, an dem die Ziehung der Lottozahlen stattfand, holte Dorothy Wilma vom Bahnhof ab. Danach gingen sie auf einen späten Lunch zu Burger King und fuhren dann in dem Viertel umher, in dem Grace Kelly aufgewachsen war. Zu ihren Lebzeiten waren sie beide glühende Verehrerinnen von ihr gewesen. Nachdem die Schwestern einmütig ihre Meinung darüber geäußert hatten, daß Prinz Albert nun endlich heiraten solle, daß Prinzessin Caroline tatsächlich ruhiger geworden sei und inzwischen ganz gute Arbeit leistete und daß man Prinzessin Stephanie in ein Kloster stecken solle, bis sie zur Vernunft gekommen war, gingen sie ins Kino und fuhren anschließend in Dorothys Wohnung. Sie hatte ein Hähnchen vorbereitet, und das ganze Abendessen lang und bis spät in die Nacht hinein tauschten die beiden den neuesten Klatsch aus.

Dorothy beklagte sich bei Wilma, daß ihre Schwiegertochter keine Ahnung davon hätte, wie man ein Kind erzog, aber zu stur sei, um wenigstens einen nützlichen Rat anzunehmen.

»Nun, du hast wenigstens Enkelkinder«, seufzte Wilma. »Bei Klein Willie ist immer noch keine Hochzeit in Aussicht. Sie hat nun mal ihr Herz an ihre Karriere als Bildhauerin gehängt.«

»Was für eine Karriere?« sagte Dorothy schnippisch.

»Wenn wir uns doch nur einen guten Lehrer für sie leisten könnten«, seufzte Wilma und tat so, als hätte sie den Seitenhieb nicht mitbekommen.

»Ernie sollte Willie nicht auch noch ermutigen«, fuhr Dorothy schonungslos fort. »Sag ihm, er soll kein solches Theater wegen diesem Schrott machen, den sie immer heimschickt. Euer Haus sieht aus, als hätte ein Wahnsinniger darin seine Vorstellung von einem Vogelhaus verwirklicht. Was treibt Ernie überhaupt? Ich hoffe, du hältst ihn von den Kneipen fern. Hör auf mich. Er hat die Anlagen zu einem Alkoholiker. Diese vielen geplatzten Adern auf seiner Nase.«

Wilma fielen die sperrigen Geschenkkartons ein, die ein paar Tage zuvor von Klein Willie eingetroffen waren. Außer der Aufschrift *Nicht vor Weihnachten öffnen* war noch ein kleiner Zettel dabei gewesen. ›Warte, Ma, bis Du meine Pfauen und Papageien siehst.‹ Wilma fiel auch wieder die Weihnachtsfeier im Einkaufszentrum kürzlich ein, als Ernie etwas zu tief ins Glas geschaut und eine der Kellnerinnen in den Hintern gekniffen hatte.

Doch selbst das Wissen, daß Dorothy recht hatte, wenn sie andeutete, daß Ernie gern einen über den Durst trank, milderte nicht Wilmas Groll darüber, daß man ihr die Wahrheit gesagt hatte. »Nun, Ernie mag sich ja manchmal danebenbenehmen, wenn er etwas zuviel getrunken hat, aber was Klein Willie betrifft, da hast du nicht recht. Sie hat wirklich Talent, und wenn ich einmal reich bin, werde ich ihr helfen, das zu beweisen.«

Dorothy goß sich noch eine Tasse Tee ein. »Ich nehme an, daß du immer noch einen Haufen Geld für Lottoscheine ausgibst.«

»Natürlich tue ich das«, sagte Wilma fröhlich und bemühte sich, ihre gute Laune zurückzugewinnen. »Heute abend ist die Weihnachtsziehung. Wenn ich jetzt daheim wäre, würde ich vor dem Fernseher sitzen und uns die Daumen drücken.«

»Diese Zahlenkombination, die ihr immer hernehmt, ist doch absolut lächerlich! 1-9-4-7-5-2. Ich kann ja verstehen, daß man das Geburtsjahr seines Kindes benutzt, aber das Jahr, in dem Ernie den High-School-Abschluß gemacht hat? Das ist doch wirklich lächerlich.«

Wilma hatte Dorothy nie erzählt, daß Ernie ganze sechs Jahre dazu gebraucht hatte, endlich die High-School abzuschließen, und daß seine Familie anschließend die ganze Nachbarschaft zum Feiern eingeladen hatte. »Die schönste Party, die ich je erlebt habe«, sagte er oft zu ihr, und die Erinnerung daran erhellte sein Gesicht. »Sogar der Bürgermeister war da.«

Auf jeden Fall mochte Wilma die Kombination der Zahlen. Sie war absolut sicher, daß sie und Ernie eines Tages eine Menge Geld gewinnen würden. Nachdem sie Dorothy eine gute Nacht gewünscht und vor Anstrengung schnaufend die Bettcouch hergerichtet hatte, auf der sie bei ihren

Besuchen immer schlief, dachte sie darüber nach, daß Dorothy mit zunehmendem Alter immer verschrobener wurde. Außerdem redete sie wie ein Wasserfall, und es war kein Wunder, daß ihre Schwiegertochter von ihr nur als ›Nervensäge‹ sprach.

Am nächsten Tag stieg Wilma gegen Mittag in Newark aus dem Zug. Ernie sollte sie abholen. Als sie zu ihrem Treffpunkt am Haupteingang ging, war sie beunruhigt, als sie dort statt dessen Ben Gump, ihren Nachbarn von nebenan, stehen sah.

Ängstlich eilte sie auf Ben zu. »Ist was passiert? Wo ist Ernie?« Bens hageres Gesicht verzog sich zu einem beruhigenden Lächeln. »Nein, es ist alles in Ordnung, Wilma. Ernie ist heute früh aufgewacht und hatte ein bißchen Grippe oder so was Ähnliches. Er hat mich gebeten, dich abzuholen. Mensch, ich habe doch den ganzen lieben, langen Tag nichts anderes zu tun, als dem Gras beim Wachsen zuzuschauen.« Ben lachte herzlich über die witzige Bemerkung, die zu seinem Standardspruch geworden war, seit er sich im Ruhestand befand.

»Eine Grippe«, meinte Wilma spöttisch. »Das kann ich mir vorstellen.«

Ernie war ein Mensch, der nicht viel Worte machte, und Wilma hatte sich auf eine friedliche Heimfahrt gefreut. Beim Frühstück hatte Dorothy, die wußte, daß sie nun ihr unfreiwilliges Publikum verlieren würde, ohne Unterlaß geplappert und einen solchen Wasserfall an bissigen Kommentaren losgelassen, daß Wilma davon schon Kopfschmerzen bekommen hatte.

Wilma kümmerte sich nicht um Bens Schneckentempo und seine langatmigen Geschichten, sondern stellte sich die angenehme Aufregung vor, mit der sie, sobald sie zu Hause wäre, in die Zeitung schauen und die Lottozahlen heraussuchen würde. 1-9-4-7-5-2, 1-9-4-7-5-2, summte sie vor sich hin. Es war albern. Die Ziehung war längst vorbei, und trotzdem hatte sie ein gutes Gefühl. Bestimmt hätte Ernie sie angerufen, falls sie gewonnen hätten; doch selbst die Tatsache, daß sie nahe daran gewesen wären, vier oder fünf der sechs Zahlen gehabt hätten, hätte sie wissen lassen, daß ihr Glück sich wendete.

Ihr fiel auf, daß der Wagen nicht in der Auffahrt stand, und sie erriet den Grund. Wahrscheinlich stand er vor der Harmony-Bar. Es gelang ihr, Ben Gump an der Tür loszuwerden, indem sie sich überschwenglich für seine Gefälligkeit bedankte und nicht auf seine unüberhörbaren Andeutungen reagierte, daß er sehr wohl eine Tasse Kaffee vertragen könne. Anschließend ging Wilma sofort ins Schlafzimmer. Wie sie erwartet hatte, lag Ernie im Bett. Er hatte sich die Decke bis zur Nasenspitze hochgezogen. Ein Blick genügte ihr, um zu wissen, daß er einen Mordskater hatte. »Wenn die Katze aus dem Haus ist, tanzen die Mäuse auf dem Tisch.« Sie seufzte. »Ich hoffe, dein Kopf fühlt sich an wie ein Ameisenhaufen.«

In ihrem Ärger warf sie den einen Meter hohen Pelikan um, den Klein Willie zum Erntedankfest geschickt hatte und der auf einem Tisch vor der Schlafzimmertür hockte. Als er zu Boden krachte, riß er eine Tonvase, ein Frühwerk von Klein Willie, und die Plastikblumen – Schleierkraut und Weihnachtssterne – mit sich, die Wilma schon für Weihnachten darin arrangiert hatte.

Die Scherben der Vase aufzufegen, die Blumen aufs neue zu arrangieren und den Pelikan, dem jetzt ein Stück vom Flügel fehlte, wieder auf den Tisch zu stellen, strapazierte Wilmas Geduld aufs äußerste.

Doch der Gedanke an den magischen Augenblick, wenn sie nachschauen würde, wie nahe sie an einen Lottogewinn gekommen waren, um schließlich herauszufinden, daß sie dieses Mal *wirklich* nahe rangekommen waren, dieser Gedanke stellte bald ihre übliche gute Laune wieder her. Sie machte sich eine Tasse Kaffee und bereitete sich einen Zimttoast zu, bevor sie sich an den Küchentisch setzte und die Zeitung aufschlug.

Zweiunddreißig Millionen für sechzehn glückliche Gewinner

lautete die Überschrift.

Sechzehn glückliche Gewinner. Ach, wenn sie doch nur dazugehörten! Wilma deckte die Gewinnzahlen mit der Hand zu. Sie las immer eine Zahl nach der anderen. So machte es mehr Spaß.

1-9-4-7-5

Wilma hielt die Luft an. In ihrem Kopf hämmerte es. War das möglich? Gequält vor Aufregung zog sie die Hand von der letzten Zahl fort.

Zwei.

Ihr Schrei und der Krach, als der Küchenstuhl umstürzte, ließen Ernie sich auf einen Schlag im Bett aufrichten. Das Jüngste Gericht stand ihm bevor.

Wilma kam mit starrem Gesichtsausdruck ins Zimmer gestürzt. »Ernie, warum hast du mir nichts gesagt? *Gib mir den Schein!*«

Ernie ließ den Kopf auf die Brust sinken. Seine Stimme war nur noch ein verlorenes Flüstern. »Ich habe ihn verloren.«

Loretta hatte gewußt, daß es unvermeidlich war. Dennoch ließ der Anblick von Wilma Bean, wie sie so den verschneiten Weg hochkam, einen sich sträubenden, niedergeschlagenen Ernie im Schlepptau, eine Welle der Panik in ihr hochsteigen. »Hör auf damit«, ermahnte Loretta sich. »Sie haben keine Beweise.« Sie hatte keine Spuren hinterlassen, sprach sie sich selbst gut zu, als Wilma und Ernie zwischen den beiden Tannen, die Loretta mit Dutzenden von Weihnachtskerzen behängt hatte, die Stufen zur Veranda hochstiegen. Sie hatte sich ihre Geschichte zurechtgelegt. Sie hatte Ernie bis zur Haustür begleitet. Jeder, der wußte, wie eifersüchtig Big Jimbo war, würde verstehen, daß Loretta nie die Schwelle zum Heim eines anderen Mannes, dessen Frau nicht anwesend war, überschreiten würde.

Wenn Wilma nach dem Lottoschein fragte, würde Loretta die Gegenfrage stellen: »Welcher Schein?« Nie hatte Ernie ihr gegenüber einen Schein auch nur *erwähnt.* Er war gar nicht mehr in der Lage gewesen, irgendein vernünftiges Wort von sich zu geben. Fragen Sie Lou, würde sie sagen, Ernie war doch nach ein paar Drinks schon blau gewesen. Wahrscheinlich hatte er vorher schon irgendwo gebechert.

Ob Loretta denn selbst einen Schein für die Weihnachtsziehung gekauft hatte? Natürlich hatte sie einen gekauft. Möchten Sie ihn sehen? Jede Woche, wenn sie daran dachte, füllte sie ein paar Scheine aus. Aber nie im selben Laden. Den hier vielleicht im Schnapsladen oder im Schreibwarengeschäft. Sie wissen doch, nur so aus Spaß. Und sie kreuzte immer Zahlen an, die sie sich spontan ausdachte.

Loretta kratzte sich heftig an der Hand. Verdammter Giftsumach. Sie hatte den Gewinnschein mit den Zahlen 1-9-4-7-5-2 sicher in der Zuckerdose ihres besten Kaffeeservices versteckt. Man hatte ein Jahr Zeit, um seine Gewinnansprüche geltend zu machen. Kurz bevor das Jahr um war, würde sie ›zufälligerweise‹ den Schein finden. Sollten Wilma und Ernie doch Zeter und Mordio schreien, daß das der ihre sei. Es läutete. Loretta fuhr sich durch ihr platinblondes Haar, das in kunstvollem Durcheinander ihren Kopf umrahmte, rückte sich die Schulterpolster ihres üppig mit Straß verzierten Pullovers zurecht und eilte in die winzige Diele. Als sie an der Tür stand, zwang sie sich zu einem strahlenden Lächeln, und vergaß dabei ganz, daß sie ja eigentlich nicht mehr so viel lachen wollte. Sie bekam allmählich Falten, ein Problem, das in ihrer Familie erblich bedingt war. Ständig machte sie sich darüber Gedanken, daß das Gesicht ihrer Mutter mit sechzig Jahren wie ein verschrumpelter Apfel ausgesehen hatte. »Wilma, Ernie, was für eine nette Überraschung«, meinte sie überschwenglich. »Kommen Sie herein. Kommen Sie doch herein.«

Loretta beschloß, nicht darauf einzugehen, daß weder Wilma noch Ernie ihr eine Antwort gaben, daß keiner von beiden sich die Mühe machte, sich auf der Fußmatte in der Diele den Schnee von den Überschuhen zu klopfen – wozu diese Matte Gäste doch ausdrücklich einlud – und daß kein freundliches Feiertagslächeln auf ihren Lippen lag, um ihren Gruß zu erwidern.

Wilma lehnte die Aufforderung, doch Platz zu nehmen, ab, desgleichen die Einladung zu einer Tasse Tee oder einer Bloody Mary. Sie kam gleich zur Sache: Ernie hatte einen Lottoschein im Wert von zwei Millionen Dollar bei sich gehabt. Er hatte Loretta in der Harmony-Bar davon erzählt. Loretta hatte ihn von der Bar nach Hause gefahren und ihn in sein Zimmer gebracht. Ernie war eingeschlafen, und der Schein war seitdem verschwunden.

1945, bevor sie berufsmäßig das Tanzbein auf der Bühne geschwungen hatte, hatte Loretta an der *Sonny Tufts School for Thespians* Schauspielunterricht genommen. So griff sie jetzt auf diese lang zurückliegende Erfahrung zurück und lieferte Wilma und Ernie, ernsthaft und ehrlich, eine gut einstudierte Vorführung. Ernie habe nie auch nur mit einem Wort einen Lottoschein erwähnt. Sie habe ihn nur heimgefahren, um ihm und Lou einen Gefallen zu tun. Lou hatte ja nicht weggekonnt, und außerdem war Lou nicht der Typ, der Ernie die Autoschlüssel hätte abnehmen können. »Immerhin war es Ihnen ganz recht, daß ich Sie heimgefahren habe«, sagte Loretta empört zu Ernie. »Dabei habe ich schon damit, daß ich Sie auf dem Heimweg in meinem Wagen habe schnarchen lassen, mein Leben riskiert.« Sie wandte sich an Wilma und sagte ihr von Frau zu Frau: »Sie wissen doch, wie eifersüchtig Jimbo auf mich ist, der dumme Kerl. Man könnte glauben, ich sei gerade mal sechzehn. Auf gar keinen Fall würde ich Ihr Haus betreten, es sei denn, Sie wären selber da. Ernie, Sie waren in der Harmony-Bar wirklich ziemlich schnell blau. Fragen Sie nur Lou. Haben Sie vorher schon mal angehalten und sich vielleicht mit jemand anderem über den Lottoschein unterhalten?«

Loretta gratulierte sich selbst, als sie den Zweifel und die Verwirrung auf den Gesichtern der beiden sah. Ein paar Minuten später gingen sie. »Ich hoffe, Sie finden ihn. Ich werde ein Gebet sprechen«, versprach sie fromm. Sie gab ihnen zum Abschied nicht die Hand und erzählte Wilma von dem wild wuchernden Giftsumach im Gewächshaus ihrer beschränkten Schwägerin. »Kommen Sie doch noch mal vorbei, dann trinken wir gemeinsam auf Weihnachten«, drängte sie. »Am Weihnachtsabend ist Jimbo schon um vier Uhr zu Hause. «

Zu Hause saß Wilma bedrückt bei einer Tasse Tee und sagte: »Sie lügt. Ich weiß, daß sie lügt, aber wer soll das beweisen? Fünfzehn Gewinner haben sich bis jetzt schon gemeldet. Einer fehlt noch und hat ein Jahr Zeit dafür.« Tränen der Wut rollten unbeachtet über Wangen. »Sie wird der ganzen Welt erzählen, daß sie mal hier, mal da einen Lottoschein ausgefüllt hat. Das wird sie die ganzen kommenden einundfünfzig Wochen machen, und dann, *Bingo,* wird sie den Schein finden, von dem sie nicht mehr wußte, daß sie ihn überhaupt hatte.«

Ernie beobachtete niedergeschlagen und schweigend seine Frau. Eine weinende Wilma war ein seltener Anblick. Ihr Gesicht war voller Flecken, und ihre Nase lief, und so gab er ihr sein großes, rotes Taschentuch.

Seine unvermittelte Bewegung verursachte den Sturz eines Keramikkolibris vom Regal hinter sich. Der Schnabel des Kolibris zersplitterte an der imitierten Marmorfliese in der Eßnische der Küche und entlockte Wilma einen erneuten Klagelaut.

»Ich hatte so gehofft, daß Klein Willie endlich ihre Nachtarbeit bei McDonald's aufgeben, studieren und sich ganz ihren Vögeln widmen könnte«, schluchzte Wilma. »Und jetzt ist dieser Traum geplatzt.«

Nur um absolut sicher zu sein, fuhren sie auch ins Shamrock in der Nähe des Einkaufszentrums von Paramus. Der Barkeeper bestätigte, daß Ernie am Abend zuvor so gegen Mitternacht dagewesen sei, vielleicht zwei, drei Whiskys gehabt, aber mit niemandem ein Wort gewechselt habe. »Er hat nur dagesessen und wie ein Honigkuchenpferdchen in sich hineingegrinst.«

Nach dem Abendessen, das keiner von ihnen angerührt hatte, untersuchte Wilma sorgfältig Ernies Unterhemd, an dem immer noch die Sicherheitsnadel steckte. »Sie hat sich nicht einmal die Mühe gemacht, die Nadel aufzumachen«, sagte Wilma bitter. »Hat einfach hineingegriffen und den Schein abgerissen.«

»Können wir sie nicht verklagen?« schlug Ernie zaghaft vor. Das Ausmaß seiner Dummheit wurde ihm von Minute zu Minute klarer. Sich so zu betrinken. Und dann alles an Loretta zu verraten.

Zu müde, um ihm eine Antwort zu geben, öffnete Wilma ihren Koffer, den sie bis jetzt noch nicht ausgepackt hatte, und holte ihr Flanellnachthemd heraus.. »Natürlich können wir sie verklagen«, meinte sie sarkastisch. »Wir können ihr zum Vorwurf machen, daß sie nicht auf den Kopf gefallen war, als ihr ein Dummkopf über den Weg lief. Jetzt mach das Licht aus, schlaf und hör mit dem verdammten Kratzen auf. Du machst mich ganz verrückt.«

Ernie kratzte sich auf der Seite, wo sein Herz lag. »Da juckt was«, jammerte er.

Eine Alarmglocke schrillte in Wilmas Kopf, aber sie machte die Augen zu. Sie war so mitgenommen, daß sie beinahe auf der Stelle einschlief, aber ihre Träume waren angefüllt mit Lottoscheinen, die wie Schneeflocken durch die Luft wirbelten. Ab und zu wurde sie von Ernies unruhigen Bewegungen aus dem Schlaf gerissen. Normalerweise schlief Ernie wie ein Murmeltier.

Der Weihnachtstag brach grau und freudlos an. Wilma schleppte sich durch das Haus und legte automatisch die Geschenke unter den Baum – die zwei Kartons von Klein Willie. Wenn sie den Lottoschein nicht verloren hätten, hätten sie Klein Willie angerufen und sie über Weihnachten nach Hause kommen lassen können. Vielleicht wäre sie ja gar nicht gekommen. Klein Willie mochte das spießige vorstädtische Viertel nicht. In dem Fall hätte Ernie seinen Job kündigen und mit ihr nach Arizona fahren können, um ihre Tochter dort zu besuchen. Und Wilma hätte endlich den Fernsehapparat mit dem riesigen Bildschirm kaufen können, der letzte Woche im Kaufhaus solchen Eindruck auf sie gemacht hatte. Man mußte sich nur mal vorstellen, J. R. fast in Lebensgröße.

Na ja. Schnee von gestern. Nein, eher schon der *Schnaps* von vorgestern. Ernie hatte ihr von seinem Plan erzählt, den Lottoschein in ihre Strumpfhose am Sims des falschen – Kamins zu stecken, wenn er ihn nicht verloren hätte. Wilma wollte gar nicht länger daran denken, wie sehr sie sich gefreut hätte, wenn sie den Schein dort gefunden hätte.

Ernie gegenüber, der immer noch an seinem Kater litt und sich den zweiten Tag krank gemeldet hatte, verhielt sie sich nicht sehr freundlich. Sie sagte ihm unmißverständlich, wo er sich seine Kopfschmerzen hinstecken könne.

Gegen Nachmittag ging Ernie ins Schlafzimmer und schloß die Tür hinter sich. Nach einer Weile wurde Wilma unruhig und folgte ihm. Ernie saß am Bettrand, hatte sein Hemd ausgezogen und kratzte sich wehleidig auf der Brust. »Ich bin schon in Ordnung«, sagte er, immer noch mit dieser schuldbewußten Miene im Gesicht, die ihm allmählich zu bleiben schien. »Es juckt nur so fürchterlich.«

Nur mäßig erleichtert, daß Ernie keinen Weg gefunden hatte, Selbstmord zu begehen, fragte Wilma gereizt: »Wieso juckt es dich so, deine Allergien gehen doch jetzt noch nicht los. Es reicht mir, wenn ich mir das den ganzen Sommer anhören muß.« Sie schaute sich die entzündete Stelle näher an. »Um Himmels willen, das ist Giftsumach. Wo hast du denn das aufgeschnappt?«

Giftsumach.

Sie starrten einander an.

Wilma packte Ernies Unterhemd, das auf der Kommode lag. Sie hatte es dort liegenlassen; die Sicherheitsnadel steckte immer noch daran, und ein Eckchen des Lottoscheins gemahnte als schweigender Zeuge der Anklage an Ernies Dummheit. »Zieh es an«, befahl sie ihm.

»Aber ...«

»Zieh es an!«

Es war ganz deutlich zu sehen, daß der Giftsumach sich nur auf die Stelle konzentrierte, an der der Schein versteckt gewesen war.

»Diese verlogene Hupfdohle.« Wilma reckte ihr Kinn vor und straffte die Schultern. »Sie hat doch gesagt, daß Big Jimbo so gegen vier zu Hause sein würde, nicht wahr?«

»Ich glaube schon.«

»Gut. Es geht doch nichts über ein Empfangskomitee.«

Gegen halb vier fuhren sie vor Lorettas Haus vor und stellten den Wagen ab. Wie sie erwartet hatten, stand Jimbos Sechzehn-Tonner noch nicht da. »Wir werden ein paar Minuten hier sitzenbleiben und diese Gaunerin nervös machen«, beschloß Wilma.

Sie beobachteten, wie die Lamellen des Rollos am vorderen Fenster von Lorettas Haus ins Wackeln gerieten. Als es drei Minuten vor vier Uhr war, streckte Ernie nervös die Hand aus. »Da. An der Ampel. Das ist Jimbos Lastwagen.«

»Gehen wir«, erklärte Wilma ihm.

Loretta öffnete ihnen die Tür, das Gesicht zu einem Lächeln verzogen. Mit grimmiger Genugtuung bemerkte Wilma, daß das Lächeln sehr, sehr nervös war.

»Ernie, Wilma. Wie nett. Sie sind tatsächlich auf einen Weihnachts-Umtrunk gekommen.«

»Ich werde mir hinterher einen Weihnachts-Umtrunk genehmigen«, erklärte Wilma ihr. »Und damit begießen, daß wir unseren Schein wieder zurückhaben. Wie geht's Ihrem Giftsumach, Loretta?«

»Oh, es wird allmählich besser. Wilma, mir gefällt Ihr Tonfall überhaupt nicht.«

»Das ist aber schade.« Wilma ging an der rot-schwarz karierten Sitzgruppe vorbei, stellte sich ans Fenster und schob das Rollo hoch. »Nun, was sagt man dazu? Da ist ja Big Jimbo. Ich schätze, ihr zwei Turteltauben könnt es gar nicht mehr erwarten, Hand aneinander zu legen. Ich schätze, er wird wirklich wütend werden, wenn ich ihm erzähle, daß Sie mich eifersüchtig gemacht haben, weil Sie an meinem Mann herumgefummelt haben.«

»Ich habe was?« Lorettas sorgfältig aufgetragener purpurroter Lippenstift trat um so stärker in ihrem Gesicht hervor, je mehr ihr Teint eine grauweiße Farbe annahm.

»Sie haben mich schon verstanden. Und ich habe einen Beweis dafür. Ernie, zieh das Hemd aus. Zeig dieser Ehebrecherin deinen Ausschlag.«

»Ausschlag«, stöhnte Loretta.

»Giftsumach, so wie bei Ihnen. Hat auf seiner Brust angefangen, als sie ihm mit der Hand in die Wäsche gefahren sind, um an den Schein zu kommen. Nur zu. Leugnen Sie es. Sagen Sie Jimbo, daß Sie nichts von dem Schein wissen, daß Sie und Ernie nur ein kleines Techtelmechtel gehabt haben.«

»Sie lügen. Hinaus mit Ihnen. Ernie, lassen Sie Ihr Hemd zu.« Hektisch packte Loretta Ernies Hände.

»Was für ein kräftiger Mann Jimbo doch ist«, meinte Wilma bewundernd, als er aus seinem Lastwagen stieg. Sie winkte ihm zu. »Ein wirklich kräftiger Mann.« Sie drehte sich um. »Zieh auch deine Hosen aus, Ernie.« Wilma ließ

das Rollo fallen und stellte sich neben Loretta. »Er hat auch da *unten* einen Ausschlag«, flüsterte sie.

»O mein Gott. Ich hole ihn. Ich hole ihn. Lassen Sie Ihre Hosen an!« Loretta eilte in das winzige Eßzimmer und machte den Geschirrschrank auf, in dem die Einzelteile des Kaffeeservices ihrer Mutter standen. Mit zittrigen Fingern griff sie nach der Zuckerdose. Sie fiel ihr aus den Händen und zerbrach, als sie den Lottoschein herausnahm. Jimbos Schlüssel drehte sich gerade in der Tür, als sie Wilma den Schein in die Hand stopfte. »Und jetzt raus. Und kein Wort.«

Wilma setzte sich auf die rot-schwarz karierte Couch. »Es würde doch wirklich komisch aussehen, wenn wir jetzt davonliefen. Ernie und ich werden Ihnen und Jimbo bei einem Weihnachts-Umtrunk gern Gesellschaft leisten.«

Die Häuser auf ihrer Straßenseite waren mit Weihnachtsmännern auf dem Dach, Engeln auf dem Rasen und Lichterketten in den Fenstern dekoriert. Als sie zu Hause ankamen, meinte Wilma mit einem friedlichen Lächeln auf den Lippen, wie wunderschön ihr Viertel doch sei. Im Haus gab sie Ernie den Lottoschein. »Steck ihn in meine Strumpfhose, wie du es vorgehabt hast.«

Brav ging er ins Schlafzimmer und holte ihre Lieblingsstrumpfhose, die weiße mit den Straßsteinen, hervor. Sie kramte in seiner Schublade und brachte einen seiner gemusterten Kniestrümpfe zum Vorschein; der war zwar etwas dick, da Wilma nicht sehr gut stricken konnte, aber es war immer noch sein bestes Paar. Als sie die Strümpfe am Sims über dem falschen Kamin befestigten, sagte Ernie: »Wilma, ich habe keinen Giftsumach«, seine Stimme senkte sich zu einem schwachen Flüstern, »da unten.«

»Natürlich weiß ich, daß du da nichts hast, aber es hat funktioniert. Jetzt steck den Lottoschein in meinen Strumpf, und ich stecke das Geschenk für dich in den deinen.«

»Du hast mir ein Geschenk gekauft? Nach all dem Ärger, den ich dir gemacht habe? Oh, Wilma.«

»Ich habe es ja nicht gekauft. Ich habe es nur aus dem Arzneischränkchen genommen und einfach eine Schleife darum gebunden.« Mit einem glücklichen Lächeln ließ Wilma eine Flasche mit medizinischer Hautlotion in Ernies gemusterten Strumpf gleiten.

Fest der Liebe –
Fest der Diebe

Patricia Highsmith

Eine Uhr tickt zu Weihnachten

»Haben Sie vielleicht einen Franc für mich, Madame?« so fing es an.

Michele hatte die Arme voller Schachteln und Plastikbeutel und blickte über sie hinweg auf einen kleinen Jungen in einem lose hängenden Tweedmantel und mit einer Tweedmütze, die ihm bis über die Ohren ging, herab. Er hatte große dunkle Augen und ein bittendes Lächeln.

»Ja!« Es gelang ihr, die zwei Francs, die sie noch, seit sie das Taxi bezahlt hatte, in der Hand hielt, loszulassen.

»Merci, Madame!«

»Und dies hier noch«, sagte Michele. Ihr war plötzlich eingefallen, daß sie gerade einen 10-Franc-Schein in eine Manteltasche gesteckt hatte.

Der Mund des Jungen klappte auf. »O Madame! Merci!«

Die eine glatte Einkaufstasche war runtergefallen. Der Junge hob sie auf.

Michele lächelte, umfaßte den Henkel mit einem Finger und drückte mit einem Ellbogen auf den Türknopf. Die schwere Tür öffnete sich, und Michele trat über die erhöhte Schwelle. Mit der Schulter drückte sie die Tür wieder zu und ging dann über den Innenhof ihres Apartmenthauses. Bambusbäumchen standen wie schlanke Wächter zur Linken und Rechten, und Lorbeerbäume und Farne wuchsen zu beiden Seiten des gepflasterten Weges, den sie zum Block E einschlug. Charles war sicher schon zu Hause; es war fast sechs.

Was er wohl sagen würde zu all den Päckchen und den über dreitausend Franc, die sie heute ausgegeben hatte? Nun, sie war mit den Weihnachtseinkäufen fast fertig; eins der Weihnachtsgeschenke sollte Charles seiner Familie geben – darüber konnte er sich kaum beschweren –, und die übrigen waren für Charles und für Micheles Eltern. Für sie selber war nur ein Gürtel von Hermès, dem sie nicht hatte widerstehen können.

»Der Weihnachtsmann!« sagte Charles, als Michele hereinkam. »Oder die Weihnachtsfrau?«

Sie hatte die Päckchen in der Diele auf den Boden fallen lassen. »Uhh! Ja, das war ein guter Tag! Habe eine Menge geschafft, meine ich. Aber wirklich!«

»Sieht ganz so aus.« Charles half ihr beim Aufsammeln der Schachteln und Tüten.

Michele hatte den Mantel ausgezogen und war aus den Schuhen geschlüpft. Sie warfen die Päckchen auf das große Doppelbett im Schlafzimmer, wobei Michele die ganze Zeit über redete. Sie erzählte ihm von der hübschen weißen Tischdecke für seine Eltern und von dem kleinen Jungen unten, der sie um einen Franc gebeten hatte. »Ein Franc! Wo ich heute so viel eingekauft habe! So ein goldiger kleiner Junge, ungefähr zehn Jahre alt. Und seine Kleidung sah so ärmlich aus. Genau wie in den alten Weihnachtsmärchen, dachte ich. Wo jemand, der weniger hat, um so was Kleines bittet.« Michele lächelte breit und glücklich.

Charles nickte. Micheles Familie war reich. Charles Clément hatte sich heraufgearbeitet, vom Maurerlehrling mit sechzehn bis zum Leiter seiner Firma, »Athenas Construction«, mit achtundzwanzig. Mit dreißig hatte er Michele kennengelernt, die Tochter eines seiner Kunden, und hatte sie geheiratet. Manchmal war Charles fast schwindlig zumute bei dem Gedanken an den Erfolg sowohl bei seiner Arbeit als auch in seiner Ehe, denn er liebte Michele zärtlich; und sie war auch reizend. Aber er wußte, er konnte sich eher vorstellen, der kleine Junge zu sein, der um einen Franc bettelte (was Charles nie getan hätte), als, zum Beispiel, Micheles Bruder, der Freigebigkeit ausstrahlte in der auch ihr eigenen Weise: zugleich überlegen und liebenswürdig; er hatte diese Haltung schon früher an Michele bemerkt.

»Nur ein Franc?« sagte Charles endlich und lächelte.

Michele lachte. »Nein, ich habe ihm einen 10-Franc-Schein gegeben. Den hatte ich noch lose in der Tasche. Und schließlich ist ja Weihnachten.«

Charles lachte. »Der wird wiederkommen, der kleine Junge.«

Michele stand vor ihrem Kleiderschrank; die Schiebetür hatte sie geöffnet. »Was soll ich heute abend anziehen? Das Hellila, das du so gern magst, oder das Gelbe? Das Gelbe ist neuer.«

Charles legte ihr einen Arm um die Taille. Die Reihe der Kleider, Blusen und langen Röcke sah aus wie ein greifbarer Regenbogen: goldschimmernd, samtblau, beige und grün, Satin und Seide. Das hellila Kleid konnte er unter den anderen gar nicht finden, aber er sagte: »Ja, das Hellila. Das ist dir doch recht?«

»Aber ja, Lieber, natürlich.«

Sie waren bei Freunden zum Dinner eingeladen. Charles ging ins Wohnzimmer zurück und nahm seine Zeitung wieder auf, während Michele duschte und sich umzog. Charles hatte seine Hausschuhe an – die Angewohnheit eines alten Mannes, dachte er, obgleich er erst zweiunddreißig war. Jedenfalls war sie ihm seit den Teenagerjahren eigen. Damals hatte er mit seinen Eltern in der Gegend von Clichy gewohnt und war häufig mit nassen Schuhen und Socken nach Hause gekommen, weil er auf einem Bauplatz im Schlamm oder Wasser herumgestanden hatte, und da hatten die wollenen Hausschuhe gutgetan. Von den Schuhen abgesehen, war Charles in Abendkleidung: Er trug einen dunkelblauen Anzug, ein Hemd mit Manschettenknöpfen und eine Seidenkrawatte, die nur lose gebunden, aber noch nicht zum Kragen hochgezogen war. Charles zündete seine Pfeife an – Michele würde sicher noch eine Weile brauchen – und betrachtete sein schönes Wohnzimmer. Er dachte dabei an Weihnachten.

Das erste Anzeichen war der dunkelgrüne Kranz von etwa dreißig Zentimeter Durchmesser, den Michele offenbar heute morgen gekauft hatte und der jetzt auf dem Eßtisch an der Obstschale lehnte. Den würde Michele auf den Klopfer an der Wohnungstür hängen, das wußte er. Die Messinggeräte am Kamin schimmerten wie immer; der Feuerhaken und die Zange wurden von Geneviève, der Haushilfe, blank geputzt. Vier von den sechs oder sieben Ölbildern an den Wänden stellten Micheles Vorfahren dar, zwei in weißen gerüschten Spitzenkragen. Charles schenkte sich einen kleinen Glynfiddigh-Whisky ein und trank ihn pur. Der beste Whisky auf der Welt, seiner Ansicht nach. Ja, das Schicksal hatte es gut mit ihm gemeint. Luxus und Komfort, wohin er auch blickte. Er schlüpfte aus den plumpen Hausschuhen und trug sie ins Schlafzimmer, wo er mit Hilfe eines silbernen Schuhlöffels die Schuhe für den Abend anzog. Michele war im Badezimmer noch mit ihrem Makeup beschäftigt; sie summte vor sich hin.

Zwei Tage später traf Michele wieder mit dem kleinen Jungen zusammen, dem sie den 10-Franc-Schein gegeben hatte. Sie war schon fast an ihrer Haustür angelangt, bevor sie ihn sah, denn sie hatte sich auf den eben gekauften weißen Pudel konzentriert. Ihr Taxi hatte sie an der Straßenecke weggeschickt und führte nun den kleinen Hund an der neuen schwarz-goldenen Leine vorsichtig am Randstein entlang. Das Hündchen wußte nicht, in welche Richtung es gehen sollte, wenn Michele nicht an der Leine zog. Es drehte sich im Kreise herum, hüpfte in die falsche Richtung, bis das Halsband ihm Einhalt gebot, und blickte dann lächelnd Michele an und trottete hinter ihr her. Ein Mann blieb stehen und bewunderte das Tierchen.

»Noch keine drei Monate«, erwiderte Michele auf seine Frage.

Und da sah sie den kleinen Jungen. Er trug denselben Tweedmantel und hatte den Kragen gegen die Kälte hochgeschlagen. Sie erkannte, daß es die Anzugjacke eines Mannes war, viel zu groß für ihn; die Ärmel waren hochgeschlagen und die Knöpfe versetzt, damit sie enger um den Kinderkörper anlag.

»B'jour, Madame!«, sagte der Junge. »Ist das *Ihr* Hund?«

»Ja, ich habe ihn gerade gekauft«, sagte Michele.

»Was hat er gekostet?«

Michele lachte.

Ruckartig zog der Junge etwas aus der Tasche. »Ich habe Ihnen was mitgebracht.«

Es war ein winziger Strauß Stechpalmenzweige mit roten Beeren. Michele ergriff ihn mit der freien Hand und sah, daß er aus Plastik war; die Beeren waren auf den Stielen zurechtgebogen, der unechte Kelch zerdrückt. »Danke schön«, sagte sie amüsiert. »Und was schulde ich dir dafür?«

»Gar nichts, Madame!« In seinem Gesicht stand Stolz, und er sah ihr in die Augen und lächelte. Seine Nase lief.

Sie drückte auf den Türknopf des Hauses. »Möchtest du einen Augenblick mit raufkommen und mit dem Hündchen spielen?«

»O ja, danke!« sagte er freudig überrascht.

Michele ging voran über den Innenhof und in den Fahrstuhl. Sie schloß die Wohnungstür auf und machte den Hund von der Leine los. Dann gab sie dem Jungen ein Papiertaschentuch aus ihrer Handtasche, und er schneuzte sich. Der Junge und der Hund benahmen sich ganz gleich, dachte Michele; sie sahen sich um; drehten sich im Kreis, schnüffelten.

»Wie soll ich das Hündchen nennen?« fragte Michele. »Fällt dir was ein? Wie heißt du?«

»Paul, Madame«, antwortete der Junge und betrachtete weiter die Wände und das große Sofa.

»Komm! Wir gehen in die Küche. Ich werde dir eine Coca-Cola geben.« Der Junge und der Hund folgten ihr. Michele stellte dem Hund einen Napf mit Wasser hin und nahm eine Flasche Coca-Cola aus dem Kühlschrank.

Der Junge trank seine Cola aus einem Glas, während seine Blicke durch die große, weiße Küche schweiften; seine Augen erinnerten Michele an offene Fenster oder an die Linse einer Kamera.

»Sie geben dem Hündchen *biftek hâché,* Madame?« fragte der Junge.

Michele schabte das rote Fleisch mit einem Löffel aus dem Einwickelpapier des Schlachters auf eine Untertasse. »Ja, heute schon. Vielleicht jeden Tag ein bißchen. Später kann er dann Dosenfutter kriegen.« Die Kinderaugen fixierten das Fleisch, das sie wieder einpackte. Impulsiv fragte sie: »Möchtest du etwas? Einen Hamburger?«

»Auch ungekocht. O ja – ein kleines bißchen.« Er streckte eine Hand aus – die Nägel waren sehr schmutzig – und nahm, was ihm Michele auf einem Teelöffel entgegenhielt. Paul schob sich das Fleisch in den Mund.

Michele legte das Fleischpäckchen in den Kühlschrank und drückte die Tür fest zu. Der Hunger des Jungen machte sie irgendwie nervös. Natürlich – wenn er arm war, aß die Familie nicht oft Fleisch. Sie wollte ihn nicht danach fragen. Leichter fiel es ihr, ihm einen Augenblick später Kekse aus einer fast vollen Dose anzubieten. »Nimm dir mehrere!« Sie gab ihm die Dose.

Langsam und gelassen aß der Junge sie alle auf, während er mit Michele zusah, wie der kleine Hund die letzten Bröckchen von der Untertasse leckte. Dann nahm Paul die Untertasse hoch und trug sie an den Spülstein.

»Ist das recht, Madame?«

Michele nickte. Charles und sie hatten eine Geschirrspülmaschine und benutzten den Spülstein selten zum Abwaschen. Der Junge steckte jetzt die leere Keksdose in den gelben Abfalleimer. Der Eimer war fast voll, und der Junge fragte, ob er ihn für sie ausleeren könnte. Michele schüttelte leicht den Kopf, erstaunt, als wäre ein Weihnachtsengel zu ihr in die Wohnung gekommen. Der Junge und der kleine weiße Hund! Der Junge so hungrig, und er und das Hündchen so jung! »Hier geht's runter. Aber du brauchst das nicht zu tun.«

Der Junge wollte ihr helfen, und so zeigte sie ihm den grauen Plastiksack am Dienstboteneingang, in den er den Abfalleimer ausleeren konnte. Dann gingen sie ins Wohnzimmer zurück und spielten mit dem Hund auf dem Teppich. Michele hatte einen blauen Gummiball gekauft, mit einer Glocke im Innern. Paul rollte den Ball behutsam dem Hund zu. Er hatte es höflich abgelehnt, seinen Mantel auszuziehen oder sich zu setzen. Michele entdeckte Löcher an den Fersen seiner beiden Socken. Die Schuhe waren in noch schlechterem Zustand und aufgerissen zwischen den Sohlen und dem Oberleder. Und die Aufschläge der Blue-

jeans waren ausgefranst. Wie konnte es einem Kind in Bluejeans bei diesem Wetter warm sein?

»Danke schön, Madame«, sagte Paul. »Ich werde jetzt gehen.«

»Arr-ruff!« sagte der kleine Hund. Er wollte, daß der Junge ihm den Ball noch einmal zurollte.

Michele war plötzlich so verlegen, als hätte sie einen Erwachsenen aus einem anderen Land und Kulturkreis vor sich. »Ich danke dir für den Besuch, Paul. Und ich wünsche dir ein frohes Fest, für den Fall, daß ich dich nicht mehr sehen sollte.«

Paul sah ebenso unsicher aus. Er verdrehte den Hals und sagte: »Frohe Weihnachten auch für Sie, Madame! Und für dich!« Das war an den kleinen Hund gerichtet. Abrupt wandte er sich der Tür zu.

»Paul – ich möchte dir gern etwas schenken«, sagte Michele und folgte ihm. »Vielleicht ein Paar Schuhe? Welche Größe hast du?«

»Ohhh!« War der Junge rot geworden? »Zweiunddreißig. Oder vielleicht dreiunddreißig. Mein Vater sagt, ich wachse.« Er hob auf komische Art den einen Fuß an. »Was ist dein Vater?« Michele war froh, daß ihr eine praktische Frage eingefallen war.

»Austräger. Er nimmt Flaschen vom Lastwagen runter.«

Michele sah im Geist einen kräftigen Mann vor sich, der Kästen mit Mineralwasser, Wein oder Bier von einem großen Lastwagen herunterhob und leere Kisten hinaufschmiß. So was sah sie überall in Paris, jeden Tag; vielleicht hatte sie sogar Pauls Vater schon mal kurz gesehen. »Hast du noch Geschwister?«

»Einen Bruder und zwei Schwestern.«

»Und wo wohnt ihr?«

»Ooch – wir wohnen in einer Kellerwohnung.«

Michele mochte ihn nicht weiter nach der Kellerwohnung fragen, ob sie direkt im Keller oder im Souterrain lag; auch nicht, ob seine Mutter ebenfalls arbeitete. Der Gedanke an ein Geschenk für ihn machte ihr Freude. Schuhe.

»Komm morgen gegen elf her! Dann habe ich ein Paar Schuhe für dich.«

Paul sah ungläubig aus und wühlte nervös mit den Händen in den Manteltaschen herum. »Ja, gut. Um elf dann.«

Der Junge wollte gern mit dem Lift allein hinunterfahren, also ließ ihn Michele.

Am nächsten Vormittag schlenderte Michele ein paar Minuten nach elf mit dem Hündchen an der Leine über den Gehweg in der Nähe ihrer Wohnung. Gestern abend hatten sie und Charles beschlossen, den Hund Ezekiel zu nennen, woraus schon jetzt die Kurzform Zeke geworden war. Plötzlich sah sie Paul und eine kleinere Gestalt neben ihm.

»Meine Schwester, Marie-Jeanne«, sagte Paul und blicke mit seinen großen, dunklen Augen erst Michele an und dann seine Schwester, deren Hand er Michele zuschob.

Michele nahm die kleine Hand, und sie begrüßten einander. Die Schwester war eine kleinere Ausgabe von Paul, nur mit längerem schwarzem Haar. *Die Schuhe!* Zwei Paar hatte Michele für Paul gekauft. Sie forderte beide Kinder auf, mit nach oben zu kommen. Es folgte wieder der Fahrstuhl, die Wohnungstür wurde erneut geöffnet, und das gleiche Staunen stand nun in den Augen der Schwester.

»Probier sie mal an, Paul! Beide Paare!« sagte Michele.

Paul setzte sich auf den Boden und gehorchte, glücklich und aufgeregt. »Sie passen beide! Beide Paare!« Aus Spaß zog er einen rechten und einen linken Schuh an, die nicht zusammengehörten.

Marie-Jeanne interessierte sich mehr für die Wohnung als für die Schuhe.

Michele holte Coca-Cola. Eine Flasche für jeden war wohl genug, dachte sie. Ihr wurde ganz warm ums Herz, als sie die Kinder ansah, aber sie wollte es nicht übertreiben und nicht irgendwie die Kontrolle verlieren. Als sie die Flaschen hereinbrachte, fing Zeke gerade an, an dem einen neuen Schuh zu nagen, und Paul lachte, während seine Schwester eilig den

Schuh rettete. Etwas Coca-Cola floß über den Teppich; Michele holte einen Schwamm, und Paul rieb an dem Fleck herum und spülte dann den Schwamm aus.

Dann waren sie plötzlich beide fort, jeder mit einem Schuhkarton unter dem Arm.

An diesem Abend konnte Charles seinen Brieföffner nicht finden. Er lag immer auf seinem Schreibtisch in einem Zimmer, das vom Wohnzimmer abging und Bibliothek und zugleich Charles' Arbeitszimmer war. Er fragte Michele, ob sie ihn vielleicht an sich genommen hatte.

»Nein. Vielleicht ist er runtergefallen?«

»Da habe ich schon nachgesehen«, sagte Charles.

Aber sie suchten beide noch einmal. Er war aus Silber, sah wie ein flacher Dolch aus, und der Griff hatte die Form einer eingerollten Schlange.

»Geneviève wird ihn schon irgendwo finden«, sagte Michele, aber kaum hatte sie ausgesprochen, da verdächtigte sie Paul – ja sogar seine Schwester. Heiße Wellen wallten durch ihren Körper, kamen einem Gefühl persönlicher Verlegenheit gleich, als wäre sie verantwortlich für den Diebstahl, der zunächst nur eine Möglichkeit und noch keine Tatsache war. Etwas wie Schuld stieg in ihr auf, als sie einen Blick auf das leicht bekümmerte Gesicht ihres Mannes warf. Er öffnete einen Brief mit dem Daumennagel.

»Und was hast du heute getrieben, Darling?« fragte Charles, nun wieder lächelnd, und legte den Brief in einen Aktendeckel.

Michele erzählte, sie hätte mit der Telefongesellschaft über ihre letzte Rechnung gestritten und gewonnen; das war im Auftrag Charles' geschehen, der die Belastung für ein Ferngespräch angezweifelt hatte. Dann hatte sie beim Friseur hereingeschaut, etwa eine Stunde, und dreimal Zeke ausgeführt. Sie meinte, das Hündchen lernte recht schnell. Von den zwei Paar Schuhen für den Jungen namens Paul erzählte sie Charles nichts, auch nichts von seinem und seiner Schwester Besuch in der Wohnung. »Und den Kranz habe ich an die Tür gehängt«, sagte Michele. »Keine große Arbeit, das weiß ich, aber hast du's bemerkt?«

»Natürlich. Wie hätte ich das übersehen können?« Er umarmte sie und küßte sie auf eine Wange. »Wirklich hübsch, der Kranz, Darling.«

Das war am Sonnabend. Am Sonntag arbeitete Charles ein paar Stunden allein in seinem Büro, wie er es oft tat. Michele kaufte einen kleinen Weihnachtsbaum mit einem X-förmigen Fuß und verbrachte einen Teil des Nachmittags mit dem Schmücken. Sie hatte ihn schließlich auf den Eßtisch und nicht auf den Fußboden gestellt, denn der kleine Hund ließ sich nicht davon abbringen, mit dem Tannenbaumschmuck zu spielen. Michele freute sich nicht gerade auf den Pflichtbesuch bei Charles' Eltern am Montag, dem Heiligen Abend, um fünf Uhr. Die Eltern hatten niemals einen Baum; und sogar Charles hielt Weihnachtsbäume für eine dumme, aus England importierte Sitte. Die Eltern wohnten in einem großen alten Mietshaus, ohne Lift, im achtzehnten Arrondissement. Erst wurden die Geschenke ausgetauscht, und dann wurde heißer Rotwein getrunken, von dem Michele immer etwas übel wurde. Der Rest des Abends verlief dann fröhlicher bei ihren Eltern in Neuilly. Gegen Mitternacht gab es dort ein kaltes Buffet mit Sekt, und im Farbfernseher würden sie sehen, wie es überall in der Welt Weihnachten wurde. Das alles erzählte sie Zeke.

»Dein erstes Weihnachten, Zeke! Und du kriegst – ein *Puten*bein!«

Der kleine Hund schien sie zu verstehen; er schoß mit heraushängender Zunge und schalkhaft dreinblickenden schwarzen Augen im Zimmer umher. Und Paul und Marie-Jeanne? Ob sie jetzt lachten? Paul vielleicht, mit seinen zwei Paar Schuhen. Vielleicht hatte sie vor dem Weihnachtsabend noch so viel Zeit, daß sie eine Bluse für Marie-Jeanne und einen Kuchen für die anderen beiden Geschwister kaufen konnte. Montag ging das; vielleicht sah sie Paul noch mal und konnte ihm die Geschenke geben. Weihnachten – das hieß doch schenken; teilen, in Verbindung treten mit Freunden, Nachbarn und sogar mit Fremden. Mit Paul hatte sie schon angefangen.

»Auuwaoo-waoo«, sagte der kleine Hund und kauerte sich nieder.

»Ja – eine Sekunde, Zeke, Liebster!« Michele lief und holte die Leine. Dann warf sie sich eine Pelzjacke um und ging mit Zeke nach draußen. Zeke strebte sofort auf den

Rinnstein zu und wurde von Michele gelobt. Das Feinkostgeschäft gegenüber war geöffnet, und Michele kaufte eine Dose Pralinen – das heißt, es war eine prachtvolle Zinndose, die mehr als hundert Franc kostete –, nur weil ihr die rote Schleife auf dem Deckel ins Auge gefallen war.

»Madame – bonjour!» Wiedermal blickte Michele in Pauls Gesicht, das zu ihr aufsah. Seine Nase war hellrot vor Kälte.

»Frohe Weihnachten noch einmal, Madame!« sagte Paul, lächelte und stampfte mit den Füßen auf. Er trug die neuen braunen Schuhe. Die Hände hatte er in die Taschen gesteckt.

»Möchtest du eine heiße Schokolade?« fragte Michele. Eine Imbißstube war nur wenige Schritte entfernt.

»Nein, danke schön.« Paul wandte schüchtern den Kopf ab.

»Oder eine Suppe?« fragte Michele eifrig. »Komm doch mit nach oben!«

»Ich habe meine Schwester bei mir.« Paul wandte sich schnell um, steif vor Kälte, und im gleichen Augenblick kam Marie-Jeanne aus der Imbißstube gelaufen.

»Ah, bonjour, Madame!« Marie-Jeanne lachte. Sie trug eine blaue Strohtasche, die leer aussah, aber sie machte sie auf und zeigte den Inhalt ihrem Bruder. »Zwei Päckchen. Ist doch richtig? Zigaretten für meinen Vater«, sagte sie zu Michele.

»Wollt ihr ein paar Minuten mit mir raufkommen und meinen Weihnachtsbaum ansehen?« Die Flamme der Hilfsbereitschaft loderte immer noch stark in Michele. Warum sollte sie diesen beiden nicht ein Schüsselchen heiße Suppe und ein paar Süßigkeiten geben?

Sie kamen mit. In der Wohnung stellte Michele das Radio auf London ein, das Weihnachtslieder sendete. Genau das Richtige! Marie-Jeanne hockte sich vor den Weihnachtsbaum und schwatzte mit ihrem Bruder über die vielen hübschen Päckchen, die darunterlagen, den Baumschmuck und die kleinen Geschenke, die in den Zweigen hingen. Michele wärmte inzwischen eine Dose Erbsensuppe, der sie die gleiche Menge an Milch hinzugefügt hatte. Schön nahrhaft. Die englischen Chorknaben sangen ein französisches Weihnachtslied, in das sie alle mit einstimmten.

Il est né le divin enfant …
Chantez hautbois, résonnez musettes …

Dann waren sie wieder, wie neulich, ganz plötzlich fort. Ihr Lachen und Schwatzen ... Zeke bellte, als wolle er sie zurückrufen, und Michele saß da und mußte die leeren Suppenschüsseln und das zerknüllte Schokoladenpapier wegräumen. Spontan hatte sie den beiden den schönen Pralinenkasten für zu Hause geschenkt. In ein paar Minuten mußte Charles kommen. Michele hatte die Küche aufgeräumt und ging gerade ins Wohnzimmer, als sie das Klicken der Fahrstuhltür und Charles' Schritt auf dem Treppenhausflur hörte und im gleichen Moment auf dem Kaminsims eine Lücke wahrnahm. Die Uhr! Charles' Ormulu-Uhr! Sie konnte nicht weg sein! Aber sie *war* weg.

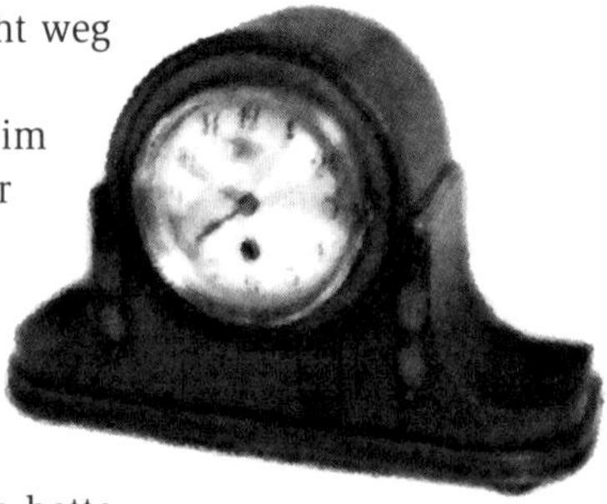

Ein Schlüssel wurde im Schloß umgedreht, die Tür ging auf.

Michele ergriff einen Karton – gelb verpackt, Hausschuhe für Charles – und stellte ihn auf den Platz, wo die Uhr gestanden hatte.

»Hallo, Darling!« sagte Charles und gab ihr einen Kuß.

Charles wollte eine Tasse Tee trinken. Die Temperatur war gesunken, und er hatte sich fast erkältet, als er eben auf ein Taxi warten mußte. Michele machte Tee für sie beide und versuchte, sich so zu setzen, daß Charles gezwungen war, in einem Sessel Platz zu nehmen, der mit dem Rücken zum Kamin stand, aber das klappte nicht; Charles setzte sich in einen anderen Sessel als den, den sie bestimmt hatte.

»Was bedeutet denn das Geschenk da oben?« fragte Charles. Er meinte das gelbe Paket. Charles hatte Sinn für Ordnung. Immer noch gut gelaunt, ließ er lächelnd seine erste Tasse Tee stehen und trat an den Kaminsims. Er nahm das Paket, wandte sich zum Weihnachtsbaum um und blickte dann zurück zum Kaminsims. »Und wo ist die Uhr? Hast du sie weggenommen?«

Michele preßte die Zähne zusammen. Allzugern hätte sie gelogen und gesagt: Ja, sie hätte sie in einen Schrank. gestellt, um Platz für die Weihnachtsdekoration auf dem Kaminsims zu haben. Aber wäre das einleuchtend? »Nein, ich ...«

»Ist was los mit der Uhr?« Charles' Gesicht war ernst geworden, als erkundige er sich nach dem Gesundheitszustand eines geliebten Angehörigen.

»Ich weiß nicht, wo sie ist«, sagte Michele.

Charles senkte die Brauen. Sein Körper straffte sich. Er warf das leichte Paket auf den Tisch mit dem Weihnachtsbaum. »Hast du den Jungen noch mal getroffen? Hast du ihn hier raufkommen lassen?«

»Ja, Charles. Ja – ich weiß ...«

»Und war er vielleicht heute schon das zweitemal hier?«

Michele nickte. »Ja.«

»Herrgott noch mal, Michele! Dahin ist also auch mein Brieföffner verschwunden, stimmt's? Aber die Uhr! Himmel noch mal, die ist doch noch um einiges wichtiger! Wo wohnt dieser Junge?«

»Das weiß ich nicht.«

Charles machte einen Schritt auf das Telefon zu und blieb dann stehen. »Wann war er hier? Heute nachmittag?«

»Ja, es ist noch keine Stunde her. Charles, es tut mir wirklich ganz schrecklich leid!«

»Er kann nicht weit von hier wohnen. Wie konnte er das tun – mit dir hier im Zimmer?«

»Seine Schwester war auch mit hier.« Michele hatte ihr gezeigt, wo das Badezimmer war. Natürlich hatte Paul die Uhr in dieser Zeit genommen und sie in den blauen Einkaufsbeutel gesteckt.

Charles verstand und nickte zornig. »Nun, das versetzen sie jetzt, und dann können sie schön Weihnachten feiern. Von den beiden sehen wir in den nächsten Tagen keinen hier wieder – falls überhaupt je. Wie konntest du solche Strolche ins *Haus* bringen?«

Michele zögerte. Charles' Zorn hatte sie erschreckt. Es war ein Zorn, der gegen sie gerichtet war. »Sie froren, und sie waren hungrig – und arm.« Sie sah ihrem Mann in die Augen.

»Das war mein Vater auch, als er die Uhr erstand«, sagte Charles langsam.

Das wußte Michele. Die Ormulu-Uhr war Stolz und Freude der Familie Clément, seit Charles etwa zwölf gewesen war. Die Uhr war das einzige hübsche Stück in ihrem Arbeiterhaushalt. Sie war Michele gleich beim erstenmal aufgefallen, als sie die Cléments besuchte, denn der Rest der Einrichtung war schrecklicher *style rustique,* billiger Lack und Resopal. Und Charles' Vater hatte ihnen die Uhr zur Hochzeit geschenkt.

»Dreckschwein«, murmelte Charles. Er zog an seiner Zigarette und blickte auf die Lücke auf dem Kaminsims. »Du kennst solche Leute wahrscheinlich nicht, meine liebe Michele, aber ich kenne sie. Ich bin mit ihnen aufgewachsen.«

»Dann könntest du wirklich mehr Mitgefühl haben! Charles, wenn wir die Uhr nicht zurückkriegen, kaufe ich uns eine neue, so ähnlich wie irgend möglich. Ich weiß genau, wie sie aussah.« Charles schüttelte den Kopf, schloß fest die Augen und wandte sich ab.

Michele ging hinaus und nahm das Teegeschirr mit. Es war das erstemal, daß sie Charles den Tränen nahe gesehen hatte.

Charles wollte nicht mitgehen zu der Dinnerparty, zu der sie abends eingeladen waren. Er meinte, Michele sollte allein gehen und für ihn eine Ausrede finden. Zuerst sagte Michele, sie würde auch zu Hause bleiben, dann änderte sie ihren Entschluß und zog sich um.

»Ich weiß nicht, was du dagegen hast, daß ich eine neue Uhr kaufe«, sagte Michele. »Ich kann nicht einsehen ...«

»Wahrscheinlich wirst du es wohl niemals einsehen«, sagte Charles.

Michele kannte Bernard und Yvonne Petit schon lange. Sie war schon mit beiden befreundet gewesen, bevor sie Charles heiratete. Michele hätte Yvonne die Geschichte von der Uhr sehr gern erzählt, aber so was konnte man nicht erzählen, wenn man um acht beim Essen saß; und als dann der Kaffee serviert wurde, war sie zu der Ansicht gekommen, es wäre das beste, gar nichts zu erzählen: Charles hatte sich ernsthaft aufgeregt, und schuld daran war sie. Doch beim Abschied fragte Yvonne sie, ob sie etwas auf dem Herzen hätte, was Michele erleichtert zugab. Sie ging mit Yvonne in die Bibliothek, die sehr ähnlich war wie die in ihrer eigenen Wohnung, und erzählte die Geschichte mit wenigen Worten.

»Du, wir haben genau die Uhr *hier,* die du brauchst!«, sagte Yvonne. »Bernard hat sie gar nicht mal gern. Das klingt schrecklich, wenn man es so sagt, nicht wahr? Aber liebste Michele, die Uhr steht hier. Schau!« Yvonne schob ein paar Einladungskarten zur Seite, so daß man die Uhr mit dem flachen Sockel deutlich auf dem Kaminsims stehen sah; sie hatte schwarze Zeiger, und das runde Zifferblatt war gekrönt mit einer Tiara aus vergoldeten Zierknäufen und Schnörkeln.

Tatsächlich war die Uhr der gestohlenen sehr ähnlich. Während Michele noch zögerte, holte Yvonne schon Zeitungspapier und einen Plastikbeutel aus der Küche und verpackte die Uhr fest. Sie drückte sie Michele in die Hand und sagte: »Ein Weihnachtsgeschenk.«

»Aber hier geht es um das Prinzip. Ich kenne Charles, und du auch, Yvonne. Wenn die gestohlene Uhr aus meiner Familie stammte, auch wenn ich sie mein Leben lang gekannt hätte, für mich wäre das nicht so wichtig.«

»Ich weiß, ich weiß.«

»Tatsache ist, daß die Kinder arm waren – und daß Weihnachten ist. Ich habe sie mit raufgenommen, zuerst Paul allein. Einfach mit anzusehen, wie ihre Augen aufleuchteten, das war schon ganz wunderbar für mich. Sie waren so dankbar für ein Schüsselchen Suppe. Paul hat mir erzählt, sie wohnen irgendwo im Keller.«

Yvonne hörte zu, obgleich Michele ihr alles schon zum zweitenmal erzählte. »Stell die Uhr einfach auf den Kaminsims, wo die andere gestanden hat – und hoffe das Beste!« Yvonne sprach mit zuversichtlichem Lächeln.

Als Michele mit dem Taxi zu Hause ankam, war Charles im Bett und las.

Michele packte die Uhr in der Küche aus und stellte sie auf den Kaminsims. Erstaunlich, wie sehr sie der anderen glich! Hinter seiner Zeitung verborgen erklärte Charles, er hätte Zeke vor einer halben Stunde nach draußen geführt. Weiter sagte er nichts, und Michele versuchte nicht, mit ihm zu reden.

Am nächsten Morgen – Heiligabend – erblickte Charles die neue Uhr auf dem Kaminsims, als er aus der Küche – wo er und Michele gerade gefrühstückt hatten – ins Wohnzimmer kam. Empörung stand in seinen Augen, als er sich zu Michele umwandte. »Also, Michele – das reicht.«

»Yvonne hat sie mir geschenkt. *Uns* geschenkt. Ich dachte – nur für Weihnachten ...« Was hatte sie denn gedacht? Wie hatte sie den Satz beenden wollen?

»Du verstehst *überhaupt* nichts«, sagte er bestimmt. »Ich habe gestern abend eine Beschreibung der Uhr an die Polizei gegeben. Ich bin aufs Polizeirevier gegangen, und ich habe vor, die Uhr zurückzubekommen! Ich habe sie auch über den Jungen informiert, der ›ungefähr zehn‹ ist, und über seine Schwester, die beide irgendwo hier in der Gegend in einem Keller wohnen.«

Charles sprach, als hätte er einem furchtbaren Feind den Krieg erklärt. Michele kam das absurd vor. Als Charles dann im Ton kaum unterdrückter Wut weiterredete von Unehrlichkeit, von milden Gaben an Verantwortungslose, an Leute, die sie nicht verdient hatten und sich auch gar nicht bemühten, sie zu verdienen, von Rowdies und ihrer Verachtung für das Privateigentum, da begann Michele zu verstehen. Für Charles war es, als hätte man seine Festung gestürmt und als wäre der Feind von seiner eigenen Frau hereingelassen worden – und als stünde sie auf der anderen Seite. Bist du vielleicht Kommunist, hätte Charles fragen können, aber das tat er nicht. Michele betrachtete sich nicht als Kommunistin und hatte es auch niemals getan.

»Ich finde einfach, die Reichen müßten teilen«, unterbrach sie ihn. »Seit wann sind wir denn reich – wirklich reich, meine ich?« erwiderte Charles. »Ja, ich weiß. Deine Familie ist reich, und du bist daran gewöhnt. Du hast die Einstellung geerbt. Es ist nicht deine Schuld.«

Warum um Himmels willen sollte es ihre Schuld sein? fragte sich Michele. Sie begann sich jetzt sicherer zu fühlen. Oft genug hatte sie in Büchern und Zeitungen gelesen, man müßte die Reichtümer in diesem Jahrhundert aufteilen, sonst würde es schlimm enden. »Ja – und was die Kinder betrifft, so würde ich dasselbe noch mal tun«, sagte sie. Charles' Wangen bebten vor Erbitterung. »Sie haben uns beleidigt! Das war Diebstahl!«

Micheles Gesicht begann zu glühen. Sie verließ das Zimmer, jetzt ebenso erzürnt wie Charles. Aber sie spürte, sie hatte einen Pluspunkt. Mehr als das, sie war im Recht. Sie müßte es nun in Worte fassen, sich ihre Argumente zurechtlegen. Ihr Herz schlug schnell. Sie blickte auf die offene Schlafzimmertür und erwartete Charles zu sehen, erwartete seine Stimme, die sie bat zurückzukommen. Alles blieb still.

Charles ging eine halbe Stunde später in sein Büro und erklärte, er werde wahrscheinlich nicht vor halb vier zurück sein. Zwischen vier und fünf sollten sie zu seinen Eltern gehen. Michele rief Yvonne an, und im Laufe der Unterhaltung wurden ihre Gedankengänge klarer, und der langsame Tränenstrom versiegte.

»Ich finde Charles' Haltung falsch«, sagte Michele.

»Aber das darfst du einem Mann nicht sagen, liebe Michele. Sei nur vorsichtig!«

Um vier begann Michele ein taktvolles Gespräch mit Charles. Sie fragte ihn, ob ihm die Verpackung des Geschenks für seine Mutter gefiele. Das Päckchen enthielt die weiße Tischdecke, die sie Charles schon gezeigt hatte.

»Ich gehe nicht mit. Ich kann nicht.« Und über Micheles Protest hinweg: »Glaubst du denn, ich kann meinen Eltern gegenübertreten und zugeben, daß die Uhr gestohlen ist?«

Warum mußte er die Uhr denn erwähnen? Es sei denn, er hatte vor, das Weihnachtsfest zu verderben, dachte Michele. Aber sie wußte, es hatte keinen Zweck, ihn zum Mitkommen zu überreden, und gab es daher auf.

»Dann gehe ich – und nehme

die Geschenke mit.« So geschah es. Sie ging und überließ Charles seinem Groll und dem Warten auf einen möglichen Anruf von der Polizei, wie er gesagt hatte.

Michele war gegangen, beladen mit den Geschenken für Charles' Eltern und auch mit denen für ihre eigenen Eltern. Charles hatte gesagt, er werde etwa um acht in der Wohnung ihrer Eltern in Neuilly erscheinen. Aber er kam nicht. Micheles Eltern rieten ihr, Charles anzurufen; vielleicht war er eingeschlafen, oder er hatte gearbeitet und die Zeit darüber vergessen. Aber Michele rief ihn nicht an. Bei ihren Eltern war alles so schön und fröhlich – ihr Baum, die Sektbehälter, ihre schönen Geschenke, darunter ein Reiseschirm im Lederetui. Charles und die Uhrgeschichte zeichneten sich wie ein drohender, garstiger, schwarzer Schatten im goldenen Glanz des Wohnzimmers ihrer Eltern ab. Michele kam noch einmal mit der ganzen Geschichte heraus.

Ihr Vater lachte. »Ja, ich glaube, ich erinnere mich an die Uhr. Nichts weiter Fabelhaftes. War schließlich nicht von Cellini.«

»Aber der Gefühlswert, Edouard«, sagte Micheles Mutter. »Schade, daß es gerade zu Weihnachten passieren mußte. Und es war leichtsinnig von dir, Michele. Aber – ja, da gebe ich dir recht, es waren einfach kleine Straßengören, und die Versuchung war groß.«

Michele fühlte sich noch weiter gestärkt.

»Nicht das Ende der Welt«, murmelte Edouard und füllte die Gläser von neuem mit Sekt.

Am nächsten Tag, dem ersten Weihnachtstag, und auch am Tag darauf dachte Michele an die Worte ihres Vaters. Es war nicht das Ende der Welt, aber das Ende von etwas. Die Polizei hatte die Uhr nicht gefunden, doch Charles war der Ansicht, man würde sie finden. Er hatte, wie er Michele versicherte, recht energisch mit ihnen gesprochen und ihnen eine farbige Zeichnung der Uhr, die er selbst mit vierzehn angefertigt hatte, vorgelegt.

»Natürlich werden die Diebe sie nicht sofort versetzen«, sagte Charles zu Michele, »aber in die Seine schmeißen sie sie auch nicht. Über kurz oder lang werden sie versuchen, sie zu Geld zu machen, und dann nageln wir sie fest.«

»Offen gestanden, ich finde deine Haltung unchristlich und grausam«, sagte Michele.

»Und ich finde deine Haltung – dumm.«

Es war nicht das Ende der Welt, aber es war das Ende ihrer Ehe. Keine späteren Worte, keine Umarmung – falls es je wieder dazu kam – konnten bei Michele diese Bemerkung ihres Mannes wiedergutmachen. Und ebenso stark spürte sie in Charles' Herzen und in seinen Gedanken eine tiefe Abneigung, eine echte Aversion gegenüber seiner Frau. Und sie bei ihm? War das nicht ein ganz ähnliches Gefühl? Charles hatte etwas verloren, das Michele als »human« bezeichnete – wenn er es je besessen hatte. Mit seinem ärmeren, weniger privilegierten Hintergrund hätte Charles mehr Mitgefühl als sie aufbringen müssen, dachte Michele. Was war unrecht, und was war recht? Sie war verwirrt, wie es zuweilen geschah, wenn sie versuchte, die Verse von Weihnachtsliedern oder von Gedichten zu ergründen, die man auf verschiedene Weise auslegen konnte; doch das Herz oder das Gefühl suchte und fand wohl immer seinen eigenen Weg, wie das ihre es getan hatte. Und war das nicht richtig? War es nicht richtig, Verzeihung zu üben, besonders zu dieser Zeit im Jahr?

Ihre Freunde und Eltern rieten zur Geduld. Sie sollten sich eine Woche oder so trennen. Weihnachten machte die Menschen immer nervös. Michele könnte zu Yvonne und Bernard kommen und eine Weile dort bleiben, was sie auch tat. Dann konnten sie und Charles noch einmal miteinander reden, was sie auch taten. Doch es änderte sich nichts – gar nichts.

Vier Monate später waren Michele und Charles geschieden. Und die Uhr hat die Polizei nie gefunden.

Anne Perry

Das Weihnachtsgeschenk

Mein Freund Sherlock Holmes ist kein gefühlsbetonter Mann. Ich habe ihn aufgeregt gesehen, wenn eine Mörderjagd sich dem Ende zuneigte, und ich habe erlebt, dass Ungerechtigkeit ihn empört. Doch was ihn am meisten bewegt, so stark, dass ihm die Worte fehlen, ist Geigenmusik, gespielt von einem Meister dieses Fachs.

Vassily Golkov ist zweifellos ein Violinist, der sein Instrument nicht nur technisch perfekt beherrscht, sondern die Kompositionen auch eigenwillig interpretiert, und deshalb brauchte ich nicht Holmes' erstaunliche Kombinationsgabe, um ganz sicher zu sein, dass er sich Golkovs Londoner Konzert drei Tage vor Weihnachten auf keinen Fall entgehen lassen würde. Selbst das raffinierteste Verbrechen aller Zeiten würde dahinter zurückstehen müssen.

Ich war sehr erfreut, als er mich einlud, ihn zu begleiten. »Selbstverständlich, mein Liebster«, rief ich eifrig. »Ich komme sehr gern mit.«

Er schaute mich etwas skeptisch an, denn er weiß, dass ich Klaviermusik den Saiteninstrumenten vorziehe. Geigen haben für mich etwas Beunruhigendes an sich, vielleicht weil ihre Töne es an Leidenschaft mit der menschlichen Stimme aufnehmen können. Doch wir diskutierten nicht darüber und ich vermutete, dass er mir mit dem Konzert ein Weihnachtsgeschenk machen wollte. Er brauchte keinen Begleiter, um höchsten Genuss aus der Musik zu schöpfen, und ich hätte mich sehr gewundert, wenn er während des Konzerts auch nur zwei Worte mit mir gewechselt hätte. Mein eigenes Jahreseinkommen hätte ich darauf verwettet, dass er mich keiner Antwort würdigen würde, wenn ich es wagte, ihn anzusprechen, solange er in himmlische Sphären entrückt war.

Wir nahmen eine Droschke von der Baker Street zur Konzerthalle in Flussnähe. Es war ein kalter Abend, das Kopfsteinpflaster war mit einer dünnen Eisschicht überzogen und die Luft angenehm winterlich. Ich war bester Laune.

Während wir zu unseren Plätzen geführt wurden, stellte ich fest, dass es anderen Besuchern genauso wie mir ging. Man spürte die Vorfreude auf Weihnachten. Bekannte wünschten einander ein frohes Fest und Glück und Gesundheit im neuen Jahr. Viele Damen waren prächtig gekleidet und frisiert, kostbarer Schmuck funkelte im Licht der Kronleuchter, offenherzige Dekolletés zogen Männerblicke auf sich.

Holmes setzte sich mit einem erwartungsvollen Lächeln, das seine scharfen Gesichtszüge verklärte, und starrte auf den Bühnenvorhang.

Es wurde still im Saal, als ein Mann aus den Kulissen trat, doch es war nicht Vassily Golkov und man konnte ihm ansehen, dass er sehr aufgeregt, ja verstört war.

»Meine Damen und Herren«, verkündete er unglücklich. »Zu meinem größten Bedauern muss ich Ihnen mitteilen, dass Mr. Golkov plötzlich erkrankt ist und nicht auftreten kann ... Ich bitte Sie um Entschuldigung ...«

Ein enttäuschtes Raunen ging durch die Menge. Für laute Unmutsäußerungen schienen alle viel zu bestürzt zu sein.

»Es tut mir sehr Leid«, wiederholte der Mann auf der Bühne mit hochrotem Kopf. »Selbstverständlich wird die Direktion ...« Der Rest ging im Lärm unter, als die Leute aufstanden und nun doch zu murren und zu klagen begannen.

Ich warf Holmes einen Blick zu, weil ich mir vorstellen konnte, wie enttäuscht er sein musste, umso mehr, als er mich eingeladen hatte. Doch sein Gesicht spiegelte nur Verwirrung wider und anstatt sich zum Gehen zu wenden, packte er mich am Ärmel und zog mich in Richtung der Bühne.

»Wo willst du denn hin?«, protestierte ich, weil ich befürchtete, dass er auf meine ärztliche Kunst vertraute, damit Golkov vielleicht doch noch auftreten könnte. »Ich habe meinen Arztkoffer doch gar nicht dabei!« Trotzdem folgte ich ihm die Stufen zur Bühne hinauf und hinter den schweren Vorhang. Alle Lichter brannten, doch kein Mensch war zu sehen.

Das schreckte Holmes keineswegs ab. Mit großen Schritten verschwand er auf dem Korridor jenseits der Bühne, ohne sich nach mir umzudrehen.

Befremdet eilte ich ihm nach, durch die Bühnentür auf die Straße hinaus. Dort sah ich einen langbeinigen jungen Mann mit wirren dunklen Haaren davonrennen, verfolgt von Holmes, der mir zurief: »Komm!«

Ich gehorchte aus Neugier. Wer war dieser junge Mann und warum war Holmes hinter ihm her? Wir waren hergekommen, um einen der begnadetsten Geiger der Welt zu hören, und stattdessen verfolgten wir einen Unbekannten, der auf der Straße in eine Droschke sprang. Holmes ruderte wild mit den Armen, um die nächste anzuhalten, riss die Tür auf und befahl dem Kutscher, der anderen Droschke zu folgen. Keuchend stieg ich ein und er ließ sich auf den Sitz neben mir fallen.

»Wer ist dieser junge Mann?« fragte ich atemlos. »Und warum in drei Teufels Namen jagen wir hinter ihm her?«

»Das ist natürlich Vassily Golkov«, erklärte er seelenruhig, viel weniger außer Atem als ich. »Und er ist nicht kränker als du – ich würde sogar sagen, um einiges gesünder!«

Ich verübelte ihm diese Anspielung auf meine mittelmäßige Kondition und schwieg längere Zeit, während die Droschke viel zu schnell durch vereiste Straßen fuhr. »Deine Enttäuschung kann ich gut verstehen«, knurrte ich schließlich. »Aber selbst wenn das wirklich Golkov sein sollte, kannst du ihn nicht zwingen, für dich zu spielen! Er mag nicht krank sein, aber offensichtlich ist er furchtbar verstört.«

»Offensichtlich, Watson«, wiederholte Holmes und spähte in die Dunkelheit, als wollte er im Schein der Straßenlaternen erkennen, wo wir waren. »Erregt das nicht deine Neugier? Möchtest du nicht wissen, was ein Genie wie Golkov – einen Mann, der nur für seine Kunst lebt – veranlasst hat, sein Publikum im Stich zu lassen und durch die Nacht zu rasen? Ich glaube übrigens, wir fahren nach Nordwesten!«

Mich beängstigte das Tempo der Droschke und ich machte mir Sorgen um meine Sicherheit und um die armen Pferde, deren Hufe über das Kopfsteinpflaster dröhnten.

»Welche Gründe er auch haben mag – selbst wenn wir ihn einholen sollten, ist er uns keine Erklärung schuldig«, wandte ich mürrisch ein.

»Trotzdem werde ich ihn fragen!« beharrte Holmes. »Und ich habe durchaus ein Recht dazu, denn schließlich habe ich nicht nur eine beträchtliche Summe bezahlt, um ihn zu hören, sondern auch noch an einem ungemütlichen Winterabend das Haus verlassen. Glaub mir, er wird mir Rede und Antwort stehen und ich bin überzeugt, dass etwas Schreckliches passiert ist, das ihn zu dieser Flucht bewogen hat!«

In einer Kurve wurde er fast auf meinen Schoß geschleudert, richtete sich aber wortlos wieder auf. Ich betrachtete sein Gesicht mit den hohen Backenknochen und scharfen Augen. Er glich einem Raubvogel, der Beute gesichtet hat.

»Ich weiß, wo wir sind!« rief ich gleich darauf erstaunt. »Die nächste Querstraße ist Baker Street! Wir sind fast zu Hause!«

»Du hast Recht, Watson«, stimmte er gelassen zu. »Sollen wir hier anhalten oder ...«

»Da wär'n wir, Leute!«, rief der Kutscher stolz. »Der Kerl, dem ich folgen sollt, hämmert da vorn an 'ne Haustür. Wenn Sie sich nicht sputen, lässt ihn wer ein und Sie kriegen ihn nicht mehr!«

Holmes stieg aus. »Vielen Dank! Sie haben Ihre Sache sehr gut gemacht.« Er drückte dem Mann eine Münze in die Hand und verzichtete großzügig auf das Wechselgeld.

Ein eisiger Windstoß fegte mir ins Gesicht, als auch ich ausstieg. Wir befanden uns etwa ein Dutzend Meter von Holmes' Haustür entfernt, an die Vassily Golkov verzweifelt mit beiden Fäusten trommelte. Bevor ich mich zu diesem sonderbaren Benehmen äußern konnte, wurde die Tür geöffnet und Mrs. Hudsons Gesicht tauchte in dem Spalt auf.

»Wer sind Sie, junger Mann?« fragte sie empört. »Und was fällt Ihnen ein, solchen Lärm zu machen und anständige Menschen zu erschrecken? Können Sie nicht die Klingel benutzen?«

»Ich muss Sherlock Holmes sehen!« rief Golkov mit schriller Stimme. »Es ist ungeheuer wichtig ... bitte! Ich flehe Sie an, fragen Sie ihn, ob er mich empfangen will!«

Sogar von unserem Standort aus konnte ich im Licht einer Straßenlaterne erkennen, dass Mrs. Hudson nicht so recht wusste, was sie machen sollte. Der Zustand des jungen Mannes erregte offenbar ihr Mitleid.

»Mr. Holmes ist nicht zu Hause«, sagte sie – als wir zum Konzert fuhren, hatte sie uns – einen genussreichen Abend gewünscht –, »aber wenn Sie ...« Die gute Frau verstummte, als Holmes schnellen Schrittes die Straße überquerte. »Nanu, Mr. Holmes! Ist etwas passiert, Sir?« fragte sie erstaunt.

Ich hatte meinen Freund gerade eingeholt, als der Geigenvirtuose herumwirbelte. Sein Gesicht spiegelte grenzenlose Erleichterung und jähe Hoffnung wider.

»Mr. Holmes? Mr. Sherlock Holmes? Sir, ich brauche dringend Ihre Hilfe! Ich bin mit meiner Weisheit am Ende und weiß, dass nur Sie allein mich retten können!«

Ein solcher Appell hätte auf Holmes niemals seine Wirkung verfehlt, doch aus dem Munde eines musikalischen Genies waren diese Worte natürlich doppelt schmeichelhaft, und Eitelkeit gehörte nun einmal zu seinen größten Schwächen.

»Am besten kommen Sie herein und erzählen mir, was Sie so bekümmert«, lud er Golkov ein. »Das ist mein Kollege, Dr. Watson. Sie können ihm genauso vertrauen wie mir.« Ohne eine Antwort abzuwarten, dankte er Mrs. Hudson durch ein Nicken und ging an ihr vorbei die Treppe hinauf. Der Violinist und ich folgten.

In der Bibliothek zog Holmes sein Cape aus und deutete auf einen Stuhl. Sein junger Besucher ließ sich dankbar darauf fallen, ohne das Sakko aufzuknöpfen, das sein einziger Schutz gegen die Winterkälte gewesen war. Ich betrachtete die beiden Männer, die sich frappierend ähnlich sahen, obwohl Holmes etwa fünfzehn Jahre älter war. Sie hatten den gleichen schlanken Körperbau und ihre Anmut beruhte auf einem perfekten Zusammenspiel von Muskeln und Elan, ähnlich wie bei Raubkatzen. Beide setzten ihren ganzen Geist und Willen ein, um etwas zu vollbringen, das für sie von überragender Bedeutung war.

Golkov begann sofort zu sprechen, sehr lebhaft und mit einem leichten Akzent, den ich nicht einordnen konnte.

»Ich stamme von einer unbedeutenden Familie ab, kenne nicht einmal meinen Vater ... und bedauerlicherweise kann meine Mutter mir in dieser Hinsicht nicht weiterhelfen ...«

Holmes' Miene verdüsterte sich. Er schätzte solche persönlichen Bekenntnisse nicht und Golkovs Anspielung auf die lockere Moral seiner Mutter fand er geschmacklos.

Sein Unmut entging dem jungen Mann nicht und er fuhr hastig fort: »Sie denken bestimmt, dass ich es an Respekt gegenüber meiner Mutter vermissen lasse, aber das ist nicht der Fall. Ich schätze sie sehr, aber ihre Schönheit war kein Segen, sondern ist ihr zum Verhängnis geworden ...«

Peinlich berührt, errötete Holmes ein wenig, was bei ihm sehr selten vorkam.

»Ich erzähle Ihnen das alles«, erklärte Golkov, »weil solche Dinge für viele Leute sehr wichtig sind - auch für Hugo Carburton, den Vater von Miss Helena Carburton, die ich von ganzem Herzen liebe. Bis heute dachte ich, dass sie meine Gefühle erwidert, obwohl mein Ruf eher ...« Er zuckte bedauernd die Schultern. »Nun ja, ich war wohl das, was man einen Frauenhelden nennt. Glauben Sie mir, ich bin nicht stolz darauf, aber ich war jung und es schmeichelte mir, von so vielen hübschen jungen Damen umworben zu werden, die keinen Unterschied zwischen der Musik und dem Musiker sahen.«

Holmes runzelte die Stirn. »Sie haben mein Mitgefühl, Mr. Golkov, aber es steht nicht in meiner Macht, Mr. Carburton zu einer günstigeren Einschätzung Ihres Charakters zu bewegen.«

»Nein, nein!« winkte Golkov ab. »Natürlich nicht! Ich bin nicht aus diesem Grund zu Ihnen gekommen. Heute ist etwas wirklich Schlimmes passiert und Sie sind meine einzige Hoffnung! Ich bin Ausländer, aber Ihr Name ist sogar in Paris, Rom oder Berlin bekant, man weiß auch, dass Sie Musik lieben, besonders das Violinspiel.«

Holmes schaute etwas freundlicher drein, doch obwohl er besänftigt war, glaubte ich immer noch einen leichten Groll zu spüren, weil Golkov das Konzert so kurzfristig abgesagt hatte. Private Sorgen durften den beruflichen Verpflichtungen eines Musikers nicht in die Quere kommen. Die Kunst musste wichtiger sein als ein gebrochenes Herz oder irgendwelche Auseinandersetzungen mit dem Vater der Liebsten.

Golkov hatte sichtlich Mühe, nicht von seinen Gefühlen überwältigt zu werden. Sein Gesicht verzerrte sich vor Schmerz.

»Heute abend hat jemand meine Violine gestohlen!« brach es aus ihm heraus. »Meine Stradivari!« Seine Qual war so groß, als hätte er einen Arm oder ein Bein verloren.

Holmes war entsetzt. Er erbleichte und versteifte sich am ganzen Körper.

»Das ist ja schrecklich! Erzählen Sie mir alles, jede Einzelheit! Lassen Sie nichts aus.«

Ich überlegte, ob ich Mrs. Hudson bitten sollte, uns Tee zu bringen. Mir wäre durchaus danach zumute gewesen, aber Holmes und Golkov schienen ihre Umgebung völlig vergessen zu haben und benötigten keine körperliche Stärkung, deshalb verzichtete auch ich darauf.

»Ich wohne in der Dudley Street«, erklärte der Musiker, »und ich habe meine Geige stets bei mir.«

Holmes nickte. »Natürlich.«

»Heute Nachmittag hat Helena mich besucht ...«

»Um welche Zeit?« unterbrach ihn Holmes.

»Gegen halb fünf«, antwortete Golkov. »Sie hat versucht, ihren Vater umzustimmen, aber es war ihr nicht gelungen. Er schien entschlossener denn je zu sein, unsere Treffen zu verhindern und er würde ihr niemals erlauben, mich zu heiraten.«

Ich konnte Carburtons Einstellung gut verstehen. Golkov war zwar einer der brillantesten Geigenvirtuosen der zweiten Jahrhunderthälfte, aber auch ein etwas schillernder Charakter. Er reiste durch ganz Europa und wurde überall gefeiert und verehrt. Helena Carburton würde an seiner Seite ein unbeständiges Wanderleben führen müssen, sie wäre unter fremden Menschen, in unvertrauter Umgebung, völlig abhängig von einem Mann, der charmant, aber möglicherweise verantwortungslos war. Jeder Vater hätte Bedenken einer solchen Heirat zuzustimmen. Aber ich behielt meine Meinung für mich.

»Und die Stradivari?« kam Holmes auf die Hauptsache zurück.

»Sie lag in ihrem Kasten im Wohnzimmer, wo ich geübt hatte. Ich ging in die Küche, stellte Wasser auf und wartete darauf, dass es kochte. Draußen war es sehr kalt und ich wollte Helena eine Tasse Tee anbieten. Das tu ich immer. Nach einigen Minuten folgte sie mir in die Küche.«

»Verständlich.« Holmes wartete ungeduldig auf den Höhepunkt der Geschichte.

»Wir hielten uns etwa zehn Minuten dort auf«, fuhr Golkov fort. »Als das Wasser kochte, goss ich den Tee auf.

Wir kehrten ins Wohnzimmer zurück und unterhielten uns weiter, immer über das eine Thema. Sie schien fest entschlossen, ihrem Vater zu trotzen und mich zu heiraten – notfalls in Paris.«

»Und dann?« drängte Holmes.

Golkovs Miene verdüsterte sich. »Dann nahmen wir Abschied voneinander ... Sie küsste mich ...« Seine Stimme klang rau, als spürte er diesen Kuss noch immer auf den Lippen, und er schluckte. »Als sie gegangen war, öffnete ich meinen Geigenkasten. Es lag eine Violine darin, aber ich sah auf den ersten Blick, dass es nicht die Stradivari war, sondern ein minderwertiges Instrument ... ein totes Stück Holz!«

Holmes starrte ihn bestürzt an. »Sie hat Ihre Geige mitgenommen? Aber das hätten Sie doch sehen müssen! War die Tür während ihres Besuchs unverschlossen?«

»Nein, ich schloss ab, sobald sie meine Wohnung betreten hatte, und ich sperrte erst wieder auf, als sie ging. Ich bin mir des Wertes meiner Violine durchaus bewusst, Mr. Holmes. Ich hätte sie längst nicht mehr, wenn ich nicht so vorsichtig wäre.«

»Aber sie war da, bevor Miss Carburton kam, und nach ihrem Aufbruch war das Instrument verschwunden. Ich nehme an, dass es Ihnen aufgefallen wäre, wenn sie eine andere Geige mitgebracht hätte?«

»Selbstverständlich. Sie hatte nur ein winziges Täschchen bei sich, in das nicht viel mehr als ein Taschentuch passt. Sie ist sogar gezwungen, zu Fuß zu mir zu kommen, weil ihr Vater ihr zur Strafe kein Geld mehr gibt.«

Holmes' Stirn umwölkte sich noch mehr. »Dann muss sie jemanden eingelassen haben, während Sie in der Küche waren. Das scheint die einzig logische Erklärung zu sein.«

»Das ist aber noch nicht alles«, sagte Golkov jämmerlich. »Etwa eine halbe Stunde später brachte ein Botenjunge mir einen Brief ...«

»Eine Lösegeldforderung?« rief Holmes. »Haben Sie den Brief dabei?« Er streckte begierig die Hand aus.

Wortlos händigte Golkov ihm das Schreiben aus und er las um meinetwillen laut vor:

»›Mr. Vassily Golkov, wenn Sie Ihre Stradivari wieder sehen wollen, werden Sie mir die exakte Geldsumme bezahlen, die beim morgigen Wohltätigkeitskonzert zugunsten des Babcock-Waisenhauses eingenommen wird.

Zeit und Ort der Geldübergabe werde ich Ihnen mitteilen, sobald ich in der Zeitung gelesen habe, dass Sie des Diebstahls beschuldigt werden. Tun Sie das nicht, werde ich aus Ihrer Violine Streichhölzer für meinen Haushalt machen.

Muss ich ausdrücklich erwähnen, dass auch das passieren wird, sollten Sie die Polizei benachrichtigen?‹«

Holmes schaute mit funkelnden Augen und verzerrtem Gesicht auf. »Der Mann ist ein Ungeheuer! Ich könnte ihn auch als Barbaren bezeichnen, aber das wäre eine Beleidigung der Wilden, die nur aus Unwissenheit zerstören. Diese Kreatur kennt den Wert Ihrer Geige genau und will sie trotzdem zerstören! Überlassen Sie diese Angelegenheit mir, Mr. Golkov! Dr. Watson und ich werden einen Plan ersinnen. Sie müssen nur meine Anweisungen genau befolgen. Versprechen Sie mir das?«

»Natürlich! Natürlich!« rief Golkov eifrig. »Sie verstehen, dass ich sozusagen zwischen zwei Stühlen sitze? Ich kann kein Geld stehlen, das den Waisen gehört. Welcher Unmensch würde so etwas tun? Doch wenn ich es nicht tue, wird meine herrliche Violine, die Stimme meiner Seele vernichtet werden ...« Er war den Tränen nahe.

»Kommen Sie morgen Nachmittag um zwei wieder her«, befahl Holmes. »In der Zwischenzeit werden Watson und ich nachdenken und Schlussfolgerungen ziehen. Morgen früh werde ich mir Ihre Wohnung ansehen. Seien Sie zu Hause. Und jetzt schlafen Sie sich erst einmal aus. Morgen abend müssen wir zu einem Konzert und vorher wird es noch viel Arbeit geben.«

»Ich werde alles verkaufen, was sich zu Geld machen lässt«, versprach Golkov. »Alle Geschenke, die ich erhalten habe ... aber auch das wird nichts nutzen! Es geht ihm nicht um das Geld – er will mich ruinieren!«

»Ja, ja, das ist mir auch klar«, stimmte Holmes zu. »Treiben Sie trotzdem auf, so viel Sie nur können. Und jetzt lassen Sie uns bitte in Ruhe überlegen und planen. Gute Nacht!«

Sobald wir allein waren, ergriff ich das Wort. »Bestimmt steckt Hugo Carburton dahinter! Er will um jeden Preis verhindern, dass seine Tochter diesen Musiker heiratet. Golkov kann nicht riskieren, dass seine Geige zerstört wird, und wenn er auf die Lösegeldforderung eingeht, wird die Polizei ihn höchstwahrscheinlich schnappen. Man wird ihn wegen Diebstahls verurteilen und einsperren. Doch selbst wenn man ihm nichts nachweisen kann – welche Frau mit auch nur einem Funken Anstand würde einen Mann heiraten, der im Verdacht steht, Waisen bestohlen zu haben? Außerdem wäre jede junge Frau zutiefst gekränkt, wenn ihr so deutlich vor Augen geführt würde, dass ein Musikinstrument ihrem Liebsten mehr als sie bedeutet.« Ich bilde mir ein, ziemlich viel von Frauen zu verstehen, mehr als Holmes, der sich nur selten mit ihnen abgibt.

»Natürlich ist es Carburtons Plan, mein Liebster«, stimmte er zu. »Das liegt ja auf der Hand. Verwirrend ist nur, dass sie an dieser Intrige beteiligt zu sein scheint. Ich wundere mich nicht, dass der arme Golkov so verstört ist. Vielleicht will sie auf diese Weise seine Liebe zu ihr auf die Probe stellen, aber das wäre abscheulich, ein grausames und sinnloses Unterfangen, das purer Eitelkeit entspringt und mit Liebe nichts zu tun hat.«

»Dann wirst du ihm kaum helfen können«, murmelte ich enttäuscht. Ich weiß nicht, was ich erwartet hatte – auf jeden Fall eine zuversichtliche Antwort.

Er warf mir einen finsteren Blick zu. »Ich gebe mich nicht so leicht geschlagen, Watson, das müsstest du eigentlich wissen! Morgen werde ich herausfinden, auf welche Weise der Austausch der Instrumente vonstatten ging. Jetzt muss ich darüber nachdenken, wie wir auf Carburtons Forderungen eingehen können, ohne dass Golkov seine Ehre verliert oder gar seine Karriere im Gefängnis endet.« Er verzog den Mund. »Ich habe im Augenblick keine Lust, selbst zu musizieren. Ich glaube, recht ordentlich zu spielen, doch verglichen mit Golkov höre ich mich dabei wie eine quietschende Tür an. Stattdessen werde ich meine beste Pfeife anzünden und rauchen. Bitte stör mich nicht. Gute Nacht, Watson – schlaf dich aus, denn morgen werde ich vermutlich deine ganze Kraft und deinen Mut benötigen!«

Am Morgen begaben wir uns zu Golkov in die Dudley Street. Es war, wie er erwähnt hatte, ein sehr gepflegtes

Haus. In der Halle achtete ein Portier auf das Kommen und Gehen und trug jeden Besucher in ein Buch ein.

»Guten Morgen, meine Herren«, sagte er liebenswürdig, aber seine fast militärisch anmutende Haltung verriet, dass wir nicht an ihm vorbeikommen würden, wenn wir nicht erklärten, zu wem wir wollten.

»Guten Morgen«, erwiderte Holmes aufgeschlossen. »Wir möchten Mr. Golkov besuchen. Würden Sie uns bitte sagen, wie wir zu seinen Räumen gelangen?«

»Das werde ich gern tun, aber vorher muss ich den Jungen raufschicken, ob Mr. Golkov zu Hause ist und heute Morgen Besuch empfängt. Wen soll ich melden?«

»Sie schicken erst einen Pagen zu ihm?« fragte Holmes.

»So ist es, Sir.«

»Könnten Sie uns in der Zwischenzeit einige Fragen beantworten? Mein Name ist Holmes und das ist mein Kollege Dr. Watson.«

Der Portier machte große Augen. »Sherlock Holmes, Sir?«

»Ja.«

»Meines Wissens nach gibt es hier keine geheimnisvollen Vorkommnisse, geschweige denn ein Verbrechen.«

»Noch nicht«, entgegnete Holmes. »Wir hoffen, ein Verbrechen verhindern zu können. Hat jemand Mr. Golkov gestern am Spätnachmittag besucht?«

»Ja, Mr Holmes, Miss Helena Carburton kam um Viertel vor fünf, vielleicht auch etwas früher.«

»Kennen Sie sie?«

»O ja, Sir, sie hat Mr. Golkov schon mehrere Male besucht. Eine sehr nette junge Dame, die sehr an ihm zu hängen scheint.«

Holmes verzog das Gesicht, als hätte er in eine Zitrone gebissen. »Würden Sie bitte ganz genau beschreiben, was Sie gesehen haben? Lassen Sie bitte nichts aus.«

Der Portier schaute etwas besorgt drein. »Hoffentlich ist ihr nichts zugestoßen ... Eine so charmante junge Dame. Mr. Golkov ist ihr sehr ergeben.«

»Soviel ich weiß, erfreut sie sich bester Gesundheit«, sagte Holmes ungeduldig. »Bitte schildern Sie mir ihren gestrigen Besuch in allen Einzelheiten.«

»Ja, Sir. Sie kam herein ...«

»Erinnern Sie sich daran, wie sie gekleidet war?«

»Sie trug ein dunkelblaues Cape mit weißem Pelzkragen, Sir. Es stand ihr ausgezeichnet.«

»Hatte sie irgendetwas bei sich?«

»Nein, Sir, nur eine dieser winzigen Damentaschen ... jedenfalls beim ersten Mal.«

»Beim ersten Mal? War sie denn zwei Mal da?«

»Ja, Sir, sie kam etwa zehn Minuten später ein zweites Mal und hatte einen Geigenkasten bei sich. Der Page trug ihn hinauf und ließ sie in die Wohnung, denn die Tür war wieder abgeschlossen. Sie sagte, Mr. Golkov sei in der Küche und würde ihr Klopfen nicht hören.«

»Einen Geigenkasten!«, wiederholte Holmes, aber seiner Miene war anzusehen, dass diese Auskunft ihm keine Genugtuung verschaffte.

»Ja, Sir. Ich habe sie nicht gesehen, als sie das erste Mal wegging, weil der Page mich für kurze Zeit vertreten hat. Aber beim zweiten Mal, ungefähr um Viertel vor sechs, habe ich sie gesehen.«

»Mit dem Geigenkasten?«

»Ohne den Kasten, Sir, sie hatte wieder nur die kleine Handtasche bei sich und den weißen Muff. Sie verabschiedete sich wie immer sehr höflich von mir.«

Holmes runzelte die Stirn. »Sie ging also hinauf, kam herunter, als der Junge Sie vertrat, ging mit einem Geigenkasten wieder hoch und verließ das Haus schließlich ohne den Geigenkasten.«

Der Portier überlegte. »Stimmt, Sir. Meine Pause dauerte nur etwa zehn Minuten.«

»Und in dieser Zeit ging sie und kam dann wieder?«

Der Page hatte seinen Auftrag erledigt und meldete, dass Mr. Golkov die Herren mit Freuden empfangen werde. Holmes musterte ihn argwöhnisch. »Du warst ziemlich lange weg.«

»Es sind drei Treppen, Sir«, verteidigte der Junge sich.

»Schneller geht's nicht, Sir, tut mir Leid.«

»Drei Treppen? Wohnt Mr. Golkov in der obersten Etage?«

»Ja, Sir.«

»Interessant! Sehr interessant! Ich glaube, mir kommt eine Idee, Watson. Vielleicht besteht doch noch Hoffnung.« Er wandte sich an den Pagen. »Erzähl mir doch bitte, junger Mann, was Miss Carburton trug, als sie gestern Nachmittag Mr. Golkov besuchte. Beschreib sie so genau, wie du kannst.«

Der Bursche warf seinem Vorgesetzten einen fragenden Blick zu.

»Antworte!«, befahl ihm der Portier. »Das ist Mr. Sherlock Holmes. Sag ihm alles, was du weißt.«

Der Junge riss die Augen vor Staunen weit auf. Holmes' Ruhm war sogar zu ihm gedrungen.

»Jawohl, Sir!« Er überlegte mit angestrengt gefurchter Stirn. »Sie hat so 'n dunkelblaues Cape angehabt, mit 'nem weißen Pelzkragen und darunter 'nen Rock und wunderschöne Stiefel, ganz sauber und glänzend, so als müsst sie nie 'nen Fuß auf Straßen setzen, die wo nicht gefegt sind. Und natürlich hat sie 'nen Hut aufgehabt.«

»Großartig!«, rief Holmes. »Ja, es besteht Hoffnung, Watson! Danke, meine Herren, Sie haben uns sehr geholfen.« Er lächelte ihnen dankbar zu. »Komm, Watson, wir müssen unverzüglich Erkundigungen über die Familie Carburton einziehen. Ich bin jetzt zuversichtlich, diesen Fall doch zur allgemeinen Zufriedenheit lösen zu können – natürlich mit Ausnahme von Mr. Hugo Carburton! Komm, wir dürfen keine Zeit verlieren!«

Es war nicht schwierig, Näheres über die Carburtons in Erfahrung zu bringen. Von einem Gentleman, dem er einmal einen großen Gefallen erwiesen hatte, bekam Holmes alle Auskünfte, die er benötigte.

Hugo Carburton stammte aus einer alten und sehr angesehenen Familie. Sein Sohn hatte die dritte Tochter eines Herzogs geheiratet. Seine ältere Tochter Jeannie war mit dem zweiten Sohn eines Grafen verlobt. Seine jüngere Tochter hatte sich allerdings bedauerlicherweise in einen ausländischen Geigenspieler fraglicher Herkunft und dem Ruf eines Weiberhelden verliebt.

»Gefährdet sie die Familienehre?«, wollte Holmes wissen.

»Leider«, bestätigte sein Freund. »Zweifellos wird ihr Vater sie noch zur Vernunft bringen, obwohl sie eine sehr eigensinnige junge Frau ist. Nach dem Tod ihrer Mutter hat sie zu viel Freiheit genossen. Eine traurige Geschichte ... Sie setzt das Glück ihrer Schwester aufs Spiel ...«

»Watson, ich habe einen Plan, der alle retten kann«, sagte

Holmes, als wir in der Baker Street am Kamin saßen, um uns aufzuwärmen. Jedenfalls war ich für meine Person heilfroh, der Kälte entronnen zu sein; Holmes schien sich des grässlichen Wetters vor lauter Begeisterung gar nicht mehr bewusst zu sein.

»Dazu brauche ich allerdings deine tatkräftige Hilfe, mein Freund«, fuhr er fort, »und sie ist mit einem gewissen Risiko verbunden. Ich würde Folgendes vorschlagen ...«

Vieles von dem, was an jenem Abend geschah, hat Holmes mir erst später berichtet, aber damit Sie nicht den Faden verlieren, werde ich die Ereignisse in der richtigen Reihenfolge schildern.

Das Wohltätigkeitskonzert für das Babcock-Waisenhaus, von dessen Erlös die Kinder zu Weihnachten gutes Essen und Geschenke bekamen, fand in einem großen Saal unweit der Shaftesbury Avenue statt. Mehrere Künstler hatten sich bereit erklärt, auf ihre Gage zu verzichten, und es war ein wichtiges gesellschaftliches Ereignis. Ich konnte leider nicht dort sein, weil Holmes mir andere Aufgaben zugeteilt hatte, aber er selbst war zugegen und seine schlanke Gestalt fiel im Abendanzug allgemein auf. Noch auffälliger war allerdings Vassily Golkov, der ein grünes Samtjackett und eine besonders breite Krawatte trug. Jeder starrte den extravagant gekleideten Musiker mit den wirren Haaren an, und das war auch beabsichtigt. Unser ganzer Plan hing davon ab, dass Golkov des Diebstahls beschuldigt wurde, denn andernfalls könnte es zu dem ungeheuerlichen Vandalismus, der Zerstörung einer Stradivari, kommen. Mir ist völlig unverständlich, wie irgendein Mensch, der sich als zivilisiert bezeichnet, eine solche Tat auch nur in Erwägung ziehen kann, es sei denn in unmittelbarer Lebensgefahr.

Wie schon gesagt, die vornehme Londoner Gesellschaft war bei dem Konzert zahlreich vertreten. Die Damen trugen kostbare Roben und waren mit Juwelen behängt. Es wurde gelacht und gescherzt, denn alle waren so kurz vor Weihnachten gut gelaunt und wollten unter Beweis stellen, dass sie ein Herz für arme Waisen hatten.

Draußen in der Kälte und im Nebel, wo nur die Gaslaternen wie bleiche Monde etwas Licht spendeten, bereitete ich mich auf meinen Einsatz vor. Ich fror erbärmlich und befürchtete, dass etwas schief gehen könnte. Wenn ich meine Rolle nicht erfolgreich spielte, lief ich Gefahr, verletzt zu werden oder gar im Gefängnis zu landen. Ich gebe zu, dass ich bei dieser Vorstellung meinen ganzen Mut zusammennehmen musste, denn öffentliche Entehrung wäre für mich ein fast noch schlimmeres Schicksal als der Tod.

Trotzdem war ich fest entschlossen, meinen Freund nicht im Stich zu lassen. Wie er ausdrücklich betont hatte, hing der Erfolg des ganzen Unternehmens genauso von mir wie von ihm selbst ab und ich wollte sein Vertrauen nicht enttäuschen.

Das Konzert soll herrlich gewesen sein und ich bedauere sehr, es versäumt zu haben. Ich liebe Musik, besonders romantische Musik, etwa gefühlvoll intonierte Balladen. Stattdessen musste ich zitternd von einem Bein aufs andere treten!

Nach dem donnernden Schlussapplaus verschwand Golkov hinter dem Bühnenvorhang, um seinen Künstlerkollegen zu gratulieren und danach auch den Impresario zum großen Erfolg zu beglückwünschen.

Holmes hatte das schon vor ihm getan und als Golkov auftauchte, entschuldigte er sich bei dem Konzertveranstalter. Jetzt galt es, den schwierigsten Teil des Plans in die Tat umzusetzen. Mit seinen seltsam geformten, eigens zu diesem Zweck angefertigten Schlüsseln verschaffte er sich Zugang ins Büro des Impresarios, öffnete den Tresor und nahm die Einnahmen des Abends an sich. Als er das Büro verließ, fiel er niemandem auf, denn er besaß die seltene Gabe, nach Bedarf zu einer völlig farblosen Person zu werden, die man zwar sah, aber sofort wieder vergaß. Dazu brauchte er keine Verkleidung, er änderte nur seinen Gang und seine Haltung.

Beim Impresario angelangt, wurde er wieder der vor Vitalität sprühende Sherlock Holmes, verwickelte den Mann in ein Gespräch und gratulierte ihm noch einmal zu dem gelungenen Abend.

Währenddessen schlüpfte Golkov ins Büro, schloss die Tür und verschwand durchs Fenster.

Holmes fragte interessiert nach dem Erlös des Konzerts. Der Impresario nannte eine ansehnliche Summe und Holmes erklärte, er sei von einer prominenten Persönlichkeit, die anonym bleiben wolle, beauftragt worden, eine großzügige Spende zu überreichen.

Der Impresario errötete vor Freude und bat ihn in sein Büro, um eine Quittung auszuschreiben und das Geld in sichere Verwahrung zu nehmen.

Natürlich sah er auf den ersten Blick, dass der Tresor geöffnet und leer war und dass das Fenster zum niedrigen Dach offen stand. Der arme Mann war entsetzt und wandte sich in seiner Not verständlicherweise an Holmes, den berühmtesten Detektiv der Welt. Er wollte den Diebstahl nicht publik machen und hoffte, dass Holmes den Schuldigen wie ein Kaninchen aus dem Hut zaubern würde.

Stattdessen schaute Holmes sich gründlich im Büro um, stellte allen Anwesenden viele Fragen und riet schließlich dazu, die Polizei zu benachrichtigen. Widerwillig erklärte der Impresario sich dazu bereit.

Lestrade tauchte am Tatort auf, kummervoll und wichtigtuerisch wie immer, befragte alle, was sie gesehen und gehört hatten, und stimmte gegen Mitternacht ausnahmsweise mit Holmes überein, dass an der Identität des Täters kein Zweifel bestand. Golkov war von mehreren Zeugen gesehen worden, als er das Büro betrat, aber niemand hatte ihn herauskommen sehen. Offenbar hatte er das Geld geraubt und war durch das Fenster geflüchtet, während Holmes sich mit dem Impresario unterhielt. Jetzt ließ es sich natürlich nicht mehr vermeiden, die Öffentlichkeit zu informieren und nach Golkov zu fahnden.

Die Morgenzeitungen berichteten in großen Schlagzeilen von dem Diebstahl und Golkovs Bild wurde in schwärzesten Farben gemalt. Niemand wusste ein gutes Wort über ihn zu sagen. Der Musiker, dessen Talent als Gottesgabe gerühmt worden war, hatte sich von einem Tag zum anderen in den leibhaftigen Teufel verwandelt. Die Liebe und Verehrung, die man ihm entgegengebracht hatte, war in Wut und Hass umgeschlagen.

»Gut«, kommentierte Hohnes, während er im Wohnzimmer auf und ab ging, wo mehrere Zeitungen verstreut lagen. »Sehr gut.« Aber er sah alles andere als erfreut aus. Ich wollte nicht fragen, ob er irgendeinen Fehler in unserem Plan entdeckt hatte, denn eigentlich glaubte ich eher, dass er unter der Kritik litt, die er zu spüren bekommen würde, wenn er den nächsten Akt inszenierte. Holmes ist ein sehr stolzer Mann. Er würde es verärgert abstreiten, aber ihm liegt viel an der positiven Meinung anderer Menschen. Plumpe Schmeicheleien lehnt er ab, aber ich habe oft gesehen, wie erfreut er ist, wenn seine erstaunliche Intelligenz und Beobachtungsgabe gebührend geschätzt wird, und ich ahnte, welche Überwindung es ihn kostete, sein Licht ausnahmsweise unter den Scheffel zu stellen.

Golkov hatte Carburtons Bedingungen akzeptiert und nur darum gebeten, dass Holmes den Austausch von Stradivari und Geld durchführen solle, nachdem er selbst sich jetzt vor der Polizei verstecken müsse.

Holmes riss Mrs. Hudson Carburtons Antwort aus der Hand, ohne sich bei ihr zu bedanken, und schlitzte den Umschlag hastig auf. Mir fiel auf, dass seine Hand zitterte.

»Komm, Watson«, sagte er grimmig. »Jetzt wird sich herausstellen, ob wir gewonnen oder verloren haben. In wenigen Stunden wissen wir mehr.« Er nahm seinen Mantel vom Garderobenständer im Flur, stülpte seinen Hut auf und eilte aus dem Haus ohne sich nach mir umzudrehen.

Es war bitterkalt, der Himmel war grau und der aufkommende Wind verhieß baldigen Schneefall. Trotzdem waren viele Leute unterwegs, um Weihnachtsgeschenke zu besorgen. Kinder kreischten aufgeregt, Pferdehufe dröhnten, Droschkenräder polterten auf den nassen Straßen. Dieser Lärm übertönte fast einen Leierkastenmann, der von einigen Sängern begleitet Weihnachtslieder spielte.

Holmes sprang von der Bordsteinkante auf die Straße und schwenkte wild den Arm, um eine Droschke anzuhalten. In seinem Übereifer riskierte er beinahe überfahren zu werden. Ich zerrte ihn zurück und erntete dafür einen wütenden Blick. Er schüttelte mich ab und brüllte dem Kutscher zu, uns zum Regent's Park zu bringen.

Ich stieg hinter ihm ein und hätte fast das Gleichgewicht verloren, weil das Fahrzeug sich schon in Bewegung setzte und rasch an Tempo gewann. Während der Fahrt fiel kein einziges Wort, doch am Ziel befahl Holmes mir, in der Droschke zu warten. Er selbst stieg aus und ich wusste natürlich, dass er den Erlös des Konzerts bei sich trug. Trotz seines Verbots war ich heftig versucht, ihm zu folgen, weil ich dem Erpresser alle möglichen Schandtaten zutraute.

Meine Befürchtungen erwiesen sich jedoch als unbegründet, denn nach wenigen Minuten kam Holmes zurück und trug einen Geigenkasten. Er sprang in, die Droschke und wies den Kutscher an, uns in die Baker Street zurückzubringen.

»Ist es die Stradivari?«, fragte ich, obwohl seine zufriedene Miene eigentlich alles verriet

»Selbstverständlich, Watson! Glaubst du, ich hätte mich nicht davon überzeugt? Dem Mann lag nichts an dem Instrument – an dem Geld übrigens auch nicht viel. Er will nur Golkov ruinieren und für seine Zwecke ist es viel günstiger, wenn die kostbare Violine sich wieder im Besitz des Musikers befindet.«

»War es Hugo Carburton?«

»Natürlich ... wer denn sonst?«

Ich hatte es gewusst, trotzdem freute mich die Bestätigung. Der ganze Plan war sehr nervenaufreibend und der letzte Teil, von dem alles abhing, mochte immer noch scheitern.

Wieder konnte ich Holmes nicht begleiten, aber ich wusste, welch schwerer Weg vor ihm lag. Aufgeregt lief ich in unserem Wohnzimmer hin und her, während ich mir ausmalte, was sich abspielte.

Er erzählte es mir später, aber nicht in allen Einzelheiten. Vieles musste ich an seinem Gesicht ablesen, doch das fiel mir nicht schwer, obwohl er meinen Blick mied und seine auf dem Schoß gefalteten Hände anstarrte.

Von der Baker Street hatte er sich in Lestrades Büro begeben.

»Nanu, guten Morgen, Mr. Holmes«, begrüßte ihn der Inspektor überrascht. »Was kann ich heute für Sie tun? Wenn Sie wissen wollen, ob wir Golkov schon geschnappt haben, muss ich Sie leider enttäuschen, aber er kann uns auf Dauer nicht entkommen, dazu ist er viel zu berühmt. Sobald er irgendwo auftritt, verhaften wir ihn.«

»Das ist mir klar!«, knurrte Holmes, zwang sich dann aber mit enormer Anstrengung zu einem demütigen Ton.

»Ich befürchte, wir ... ich ... könnten vorschnell geurteilt haben.«

»O nein«, entgegnete Lestrade zuversichtlich. »Es liegt auf der Hand, dass er es getan hat. Gar keine Frage, Mr. Holmes. Ausnahmsweise waren wir uns einig und wir hatten völlig Recht. Höchst bedauerlich, dass wir den Schurken noch nicht gefunden haben! Wenn Sie mir dabei helfen könnten, wäre ich Ihnen außerordentlich dankbar – und ebenso hundert oder mehr kleine Waisen, die um ein schönes Weihnachtsfest bangen müssen.« Er schüttelte den Kopf »Das ist etwas, das ich einfach nicht verstehen kann, Mr. Holmes. Wie kann ein Mann, der berühmt ist und Geld hat, Kinder berauben? Haben Sie dafür eine Erklärung? Jetzt hat er alles verloren, allen Respekt, alle Bewunderung und wird im Gefängnis landen. Glauben Sie, dass er ein bisschen verrückt sein könnte?«

»Vielleicht gibt es eine andere Erklärung«, sagte Holmes mit schmalen Lippen. »Wir sollten zusammen Golkovs Weg verfolgen, den er nach Verlassen der Konzerthalle genommen haben könnte.«

»Ich weiß nicht, wozu das gut sein sollte«, brummte Lestrade.

»Bitte tun Sie mir den Gefallen«, beharrte Holmes.

Lestrade gab nach, vielleicht um ihrer alten Freundschaft willen, obwohl seiner Miene anzusehen war, dass er diese Mühe für überflüssig hielt.

Von dem Hintereingang der Konzerthalle aus, wo das Dach am niedrigsten war, gingen sie die Gasse in Richtung Straße entlang. Lestrade schimpfte bei jedem Schritt leise vor sich hin. Holmes spähte von einer Seite zur anderen, als hoffte er, etwas Wichtiges zu entdecken.

Am Ende der Gasse blieb er stehen und rief: »Aha!«

»Was ist?«, wollte Lestrade wissen. »Ich sehe nichts, nur eine schmale Straße. Weit und breit keine Menschenseele, niemand, den man fragen könnte ... falls Sie darauf gehofft haben sollten.«

»Der springende Punkt ist Ihnen entgangen, Lestrade – wie immer!«, bemerkte Holmes ungewöhnlich sarkastisch. »Wenn Sie auf der Flucht sind und die Verfolger Ihnen dicht auf den Fersen sein könnten – welchen Weg würden Sie einschlagen?«

Der Inspektor schaute unschlüssig von einer Seite zur anderen.

»Schnell!«, rief Holms. »Man ist hinter Ihnen her, Mann! Stehen Sie nicht herum und halten Maulaffen feil!«

»Ich würde diese Richtung einschlagen«, sagte Lestrade beleidigt. »Da vorne ist eine Hauptstraße, wo ich leicht in der Menge untertauchen und dann eine Droschke mieten könnte. Als Mr. Golkov würde es mir ja nicht an Geld fehlen und außerdem würde ich mich als Mr. Golkov in den Seitenstraßen nicht gut auskennen und nicht riskieren wollen, mich zu verirren oder in eine Sackgasse zu geraten.«

»Ausgezeichnet!«, stimmte Holmes zu. »Sie können ja auf einmal logisch denken.« Er ging so rasch in Richtung der Shaftesbury Avenue, dass Lestrade Mühe hatte, mit ihm Schritt zu halten.

Gleich um die Ecke stand ein Sandwichverkäufer, an den selbst ich mich nur allzu gut erinnere!

»Guter Mann«, redete Holmes ihn an, »waren Sie gestern Abend gegen halb zehn auch hier?«

»Ja, Sir«, antwortete der Verkäufer. »Manchmal haben die Leute, die wo aus dem Theater kommen, ein bisschen Kohldampf und da kann ich ordentlich was verdienen.«

»Freut mich, das zu hören. Haben Sie zufällig einen jungen Mann mit wirren Haaren und in einem grünen Samtjackett gesehen, der es so eilig hatte, als würde er verfolgt?«

»Na klar hab ich den gesehen, bloß war er's, der den anderen Kerl verfolgt hat ... den Räuber, schätz, ich mal.«

»Was?«, mischte Lestrade sich aufgeregt ein. »Was sagen Sie da?«

»Er ist hinter dem Burschen hergerannt, der wo die armen Waisen beraubt hat«, wiederholte der Sandwichverkäufer geduldig. »Das war so 'n großer Typ, mit Schultern wie 'n Ochse, mit 'nem Schnurrbart und 'nem Stock in der Hand, so als wollt er wem den Schädel einschlagen. Ich sag's Ihnen ganz offen, ich selbst hätt's mir zweimal überlegt, ob ich hinter dem herrennen soll!«

Lestrade fragte ihn weiter aus, aber er blieb bei seiner Geschichte, die genau der Wahrheit entsprach – nur dass ich meine Schultern nicht unbedingt mit denen eines Ochsen vergleichen würde!

»Verdammt!« Der Inspektor starrte Holmes bestürzt an. »Wir haben Golkov zu Unrecht verdächtigt! Wir müssen herausfinden, was dem armen Teufel zugestoßen ist. Hoffen wir, dass es noch nicht zu spät ist!«

Sie mussten die Spur der beiden Männer etwa zwei Meilen weit verfolgen, bis Augenzeugen berichteten, dass der junge Mann mit den wirren Haaren und der Samtjacke den älteren schnurrbärtigen Burschen eingeholt habe. Es war zu einer Prügelei gekommen und der junge Mann hatte einen Schlag über den Schädel abbekommen und war halb bewusstlos auf dem Kopfsteinpflaster zusammengebrochen, aber zuvor hatte er den anderen ordentlich verdroschen, der heilfroh gewesen war, den aufgebrachten Zuschauern zu entkommen.

»Verdammt!«, fluchte Lestrade wieder, empört über die Launen des Schicksals. »Fast hätte Golkov ihn geschnappt!«

»Ja, hat ganz den Anschein«, gab Holmes zu.

»Anschein!«, schnaubte Lestrade. »Golkov ist kein Dieb! Sie haben sich geirrt, Mr. Holmes, zum ersten Mal, soweit ich mich erinnern kann!« Diese Feststellung bereitete ihm große Genugtuung. »Jetzt müssen wir den armen Golkov finden. Jemand muss ihn bei sich aufgenommen haben. Wer mag es gewesen sein?« Er schaute in die Runde von alten Männern, Jungen und Waschfrauen, die Beiträge zu der Geschichte geliefert hatten.

»Die alte Gertie war's«, sagte einer der Männer. »Die sammelt jeden auf und füttert ihn durch, wenn's sein muss.« Er deutete auf eine schmale Tür, deren obere Hälfte früher verglast gewesen war. Jetzt hielt nur ein Stück Sackleinen die Kälte ab.

In Gerties Kammer fanden sie einen sehr ungeduldigen Golkov, der angeblich unter so starkem Kopfweh litt, dass er seine erbärmliche Umgebung noch gar nicht richtig wahrgenommen hatte.

»Na, junger Mann, Sie haben ja für helle Aufregung gesorgt!« Lestrade war sehr erleichtert, dass dem Violinvirtuosen nichts Schlimmeres zugestoßen war.

»Mr. Holmes hat Sie für den Dieb gehalten.« Das musste er natürlich ausdrücklich betonen. »So steht's auch in allen Zeitungen, aber das werden wir gleich morgen richtig stellen.«

Golkov starrte Holmes ängstlich an, der ihm unmerklich zuzwinkerte, um ihn zu beruhigen, dass seine Stradivari gerettet war.

Der Musiker wandte sich an Lestrade. »Ich habe das Geld! Ich konnte es dem Schurken abnehmen, bevor er das Weite gesucht hat!« Er holte das Geld hervor, das er durch den Verkauf seiner Wertgegenstände aufgetrieben hatte. Vielleicht war es nicht die exakte Summe, aber der Konzertveranstalter würde bestimmt nicht jede Guinee nachzählen, geschweige denn die Direktion des Waisenhauses, die überglücklich sein würde, dass die Einnahmen aus der Wohltätigkeitsveranstaltung gerettet worden waren.

Holmes, Lestrade und Golkov begaben sich nach Scotland Yard. Der Musiker war der Held des Tages und Holmes ertrug heldenhaft Lestrades gutmütigen Spott. Als er in die Baker Street zurückkehrte, saß ich müde am Kamin und stärkte mich mit einem Brandy.

»Nun?«, fragte ich ungeduldig.

»Sehr zufrieden stellend«, antwortete er knapp, doch als er meine gebeugten Schultern sah und sich an meinen Beitrag zum Gelingen des Plans erinnerte, fügte er weich hinzu: »Vielen Dank!«

»Ganz zufrieden stellend ist die Sache trotzdem nicht«, murmelte ich. »Golkov hat zwar seinen guten Ruf und seine Violine zurück, aber Miss Carburtons Rolle bei diesem üblen Spiel ist und bleibt unverzeihlich.«

Holmes sah selbstzufrieden aus. »Wenn man ihre Situation bedenkt, kann ich ihr Verhalten verstehen.«

»Nun, ich nicht!«, widersprach ich hitzig. »Ich finde es erbärmlich.«

»Sie ist in den Sohn eines Grafen verliebt und kennt die Vorurteile der vornehmen Gesellschaft.«

»Was?« Ich war wie vom Donner gerührt.

Holmes lächelte. »Miss Jeannie Carburton, Watson! Die sauberen Stiefel, die der Page erwähnte, haben mich auf des Rätsels Lösung gebracht. Der angebliche zweite Besuch, bei dem der Junge ihr die Tür aufschließen musste ... Geschickt geplant und ausgeführt, aber ich vermute, dass sie jetzt nicht mehr so stolz auf sich ist.«

»Oh ... O ja, ich verstehe!« Auch ich lächelte, weil ich glücklich war, dass Golkov sich nicht in seiner Liebsten getäuscht hatte.

Am Abend besuchten wir Golkov in der Dudley Street und ich freute mich besonders, dass Miss Helena Carburton bei ihm war.

Sie war eine äußerst liebenswürdige und mutige junge Frau, die bereit war, den Zorn ihres Vaters zu ertragen und auf ihre gesellschaftliche Stellung zu verzichten, um mit dem Mann zu leben, den sie liebte.

»Ich werde Ihnen nie genug danken können!« Golkovs Augen strahlten vor Bewunderung für Holmes wie die eines Kindes, das zum ersten Mal den Zauber von Weihnachten erlebt. »Sie haben Ihren Ruf der Unfehlbarkeit geopfert, um meine Ehre und meine Stradivari zu retten! Sie sind wirklich ein edler Mensch ...«

Er legte einen Arm um Miss Carburtons Taille und auch sie schaute Holmes voller Respekt und Bewunderung an.

Natürlich genoss Holmes diese Anerkennung, doch er war gerecht genug, um auf mich zu deuten. »Ohne Watson hätte ich das nicht erreicht!«

Golkov errötete. »Natürlich! Dr. Watson, bitte verzeihen Sie meine Undankbarkeit. Wären Sie nicht bereit gewesen, die Rolle des Bösewichts zu spielen ... ich hatte Angst, dass die Leute, die mich retten wollten, Sie ernsthaft verletzen würden ...«

Ich betastete unauffällig meine blauen Flecken. »Nicht weiter schlimm ... Manchmal muss man etwas riskieren, um der Gerechtigkeit zum Sieg zu verhelfen!« Aber ich gebe zu, dass ich mich über Miss Carburtons bewundernden Blick freute, der jetzt mir galt.

»Wir sind Ihnen zu ewigem Dank verpflichtet«, wiederholte Golkov und errötete erneut. »Ich kann Ihnen nicht einmal ein gebührendes Honorar überreichen... Ich musste schließlich den Erlös des Konzerts ersetzen ...«

Auch Helena Carburton errötete, weil sie sich für ihren Vater schämte, aber sie sagte kein Wort.

Golkov nahm sie noch fester in den Arm. »... aber sobald ich genug Geld verdiene, werde ich mich erkenntlich zeigen«, versprach er.

Holmes zuckte mit den Schultern. »Ich will kein Geld von Ihnen, Mr. Golkov. Was ich besitze, reicht für meine Bedürfnisse völlig aus. Aber Sie könnten mich auf andere Art und Weise entlohnen ... für einen Tag ...«

»Für einen Tag?« Golkov starrte ihn verständnislos an, doch dann begriff er ... und wurde leichenblass.

Holmes brachte es nicht über sich, seine Bitte deutlicher zu formulieren.

Langsam durchquerte Golkov das Zimmer, hob den Geigenkasten auf und drückte ihn wie ein Kind an seine Brust. Dann übergab er Holmes wortlos seine geliebte Stradivari.

»Nur für den Weihnachtstag«, versprach Holmes. »Am nächsten Morgen bringe ich sie Ihnen unversehrt zurück.«

Golkov verbeugte sich. »Ich würde sie keinem anderen Menschen anvertrauen«, sagte er leise, »aber Sie haben es verdient, Mr. Holmes.«

Lestrade strahlte übers ganze Gesicht, als er das Geld dem Waisenhaus übergab. Ich verbrachte einen einsamen Weihnachtstag am Kamin, aß Mrs. Hudsons besten Kuchen und lauschte der Musik aus dem Nebenzimmer, wo ein Mann dem besten Saiteninstrument auf Erden himmlische Töne entlockte, die seine Gefühle besser zum Ausdruck brachten, als Worte es jemals vermocht hätten.

Schöne Bescherung!
Ihr Sherlock Holmes

Karel Čapek

Die Spur

Herr Rybka trat an diesem Abend in besonders guter Laune den Nachhauseweg an, vor allem schon deshalb, weil er seine Schachpartie gewonnen hatte (das war ein wunderbares Rösselmatt, dachte er unterwegs), und außerdem war frischer Schnee gefallen, der in der herrlichen und klaren Stille weich unter den Füßen knirschte. Gott, ist das aber schön, empfand Rybka, unsere Stadt unter Schnee, das ist plötzlich eine ganz kleine Stadt, so ein Städtchen wie aus alter Zeit – man könnte fast an Nachtwächter und Postkutschen denken; eigenartig, wie altertümlich und ländlich der Schnee die Dinge macht.

Knarr, knarr, Herr Rybka suchte einen unausgetretenen Pfad, aus purer Freude am Knirschen des Schnees; und da Rybka in einer abgelegenen Seitengasse wohnte, wurden die Fußstapfen, je weiter er lief, um so seltener. Und siehe da, hier an der Gartenpforte verschwinden die Männertritte und die Abdrücke von den Damenstiefelchen, wahrscheinlich ein Ehepaar – ob sie wohl jung sind? überlegte Herr Rybka gerührt, als wollte er sie segnen. Da ist eine Katze über den Weg gelaufen und hat Stapfen im Schnee hinterlassen, sie sehen wie Blüten aus; na gute Nacht, mein Miezekätzchen, dir werden die Pfötchen ganz schön frieren. Und da ist noch eine Reihe Fußstapfen, männliche und tiefe, eine geradlinige, deutliche Kette von Tritten, die ein einsam Wandelnder aneinandergereiht hat. Welcher von den Nachbarn mag es wohl gewesen sein? fragte sich Herr Rybka mit freundschaftlicher Anteilnahme; hier gehen so wenig Menschen, keine einzige Spur ist sonst im Schnee, wir befinden uns hier wie am Rande des Lebens; und bevor ich nach Hause komme, wird sich das Gäßchen die weiße Decke bis an die Nase ziehen und träumen, daß es nur ein Kinderspielzeug sei. Wie schade, daß morgen früh unsere Zeitungsfrau alles zertreten wird; die läuft kreuz und quer und hinterläßt Stapfen wie ein Hase ...

Herr Rybka blieb plötzlich stehen: Als er die weißverhüllte Gasse überqueren wollte, um zu seiner Haustür zu gelangen, sah er, daß auch die Spur vor ihm vom Bürgersteig über die Gasse zu seiner Haustür führte. Wer mag denn da bei mir gewesen sein? fragte er sich erstaunt und verfolgte mit den Augen die deutlichen Abdrücke. Es waren ihrer fünf, und genau in der Mitte der Gasse hörten sie mit einem scharfen Abdruck des linken Fußes auf; weiter war nichts zu sehen als die unberührte Schneedecke.

Das ist ja toll, dachte Herr Rybka – vielleicht ist er auf den Bürgersteig zurückgetreten! Aber so weit er sehen konnte, lag auf dem Bürgersteig glatter, lockerer Schnee, ohne jede Spur. Potztausend, staunte Herr Rybka, vielleicht laufen die Abdrücke auf dem gegenüberliegenden Bürgersteig weiter! Er ging also im Kreis um die plötzlich aufhörende Spur herum; gegenüber war auch keine zu entdecken; die Gasse funkelte von feinem unberührtem Schnee, daß es einem fast den Atem raubte vor so viel Reinheit; kein Mensch war hier vorbeigekommen, seit Schnee gefallen war.

Das ist doch merkwürdig, murmelte Rybka, vielleicht ist jener auf dem Bürgersteig zurückgegangen, in seinen eigenen Fußstapfen, doch das hätte er bis an die Straßenecke tun müssen, denn vor mir führen nur die *einen* in diese Richtung. Weshalb hätte es dieser Kerl aber tun sollen? dachte Rybka. Und wie könnte er, rückwärts tretend, *genau* seine Fußstapfen finden?

Rybka schloß grübelnd die Haustür auf und trat ein; obgleich er wußte, daß es Unsinn sei, sah er nach, ob sich nicht im *Innern* des Hauses Schneespuren entdecken ließen; wo hätten die auch herkommen sollen! Vielleicht schien es mir nur so, brummte Herr Rybka beunruhigt und neigte sich aus dem Fenster; doch er gewahrte unten im Laternenschein deutlich die fünf tiefen Fußstapfen, die plötzlich endeten. Verflucht, schimpfte er, sich die Augen reibend, ich habe doch schon einmal über einen einzelnen Abdruck im Schnee gelesen, aber hier taucht ja eine ganze Reihe davon auf – wohin ist dieser Kerl denn verschwunden? Kopfschüttelnd legte er seine Kleider ab; doch während er das tat, eilte er zum Telefon und rief mit belegter Stimme das Polizeikommissariat an: »Hallo, Herr Kommissar Bartošek? Ich bitte Sie, hier ist etwas *sehr* Merkwürdiges passiert ... wenn Sie jemand hierherschicken könnten oder vielleicht selbst kämen ... Das ist schön, ich erwarte Sie an der Straßenecke. Ich *weiß nicht*, worum es sich handelt. Nein, ich glaube, es besteht keine unmittelbare Gefahr; es geht nur darum, daß keiner die Spur verwischt ... Ich weiß nicht, *wessen* Spur! Gut, ich erwarte Sie.« Herr Rybka zog sich rasch wieder an und eilte hinaus; er schlich vorsichtig um die Spur herum und achtete darauf, daß er auch die auf dem Bürgersteig nicht verwischte. Vor Erregung und Kälte bebend, lauerte er nun an der Straßenecke auf den Kommissar. Stille war ringsherum, und die von Menschen bewohnte Erde strahlte tiefen Frieden aus.

»Diese Ruhe hier ist wundervoll«, sagte Kommissar Bartošek schwermütig. »Und mir hat man Raufbolde und Betrunkene eingeliefert. Pfui! – Also was ist bei Ihnen los?«

»Herr Kommissar«, sagte Rybka aufgeregt, »gehen Sie bitte dieser Fußspur nach, es sind nur ein paar Schritte von hier.« Der Kommissar knipste seine Taschenlampe an. »Das muß ja ein Kerl von mindestens einem Meter achtzig gewesen sein, den Stapfen und dem Zwischenraum nach zu schließen. Er trägt anständiges, wahrscheinlich handgearbeitetes Schuhwerk, war nüchtern und ist tüchtig ausgeschritten. Ich kann mir nicht denken, was Sie an den Fußstapfen auszusetzen haben.«

»Das hier«, sagte Rybka kurz und zeigte auf die plötzlich endenden Abdrücke mitten auf der Gasse.

»Aha«, meinte Kommissar Bartošek und ging, ohne viel Umstände zu machen, auf den letzten Abdruck zu, bückte sich und leuchtete mit der Taschenlampe. »Das hat nichts zu sagen«, meinte er friedlich, »das ist ein ganz normaler fester Fußabdruck. Das Gewicht dieses Körpers liegt mehr auf der Ferse; hätte der Betreffende einen Schritt oder einen Sprung gemacht, so hätte sich das Gewicht auf die Fußspitze verlagert, verstehen Sie mich? Und das würde man merken.«

»Das heißt also?« fragte Rybka voller Spannung.

»Nun ja«, entgegnete der Kommissar ruhig, »das heißt, daß er nicht mehr weiterging.«

»Und wo ist er dann hingeraten?« fragte Rybka erregt.

Der Kommissar zuckte die Schultern. »Das kann ich doch nicht wissen. Verdächtigen Sie jemand?«

»Wieso verdächtigen?«, wunderte sich Rybka. »Ich möchte nur wissen, wohin der Kerl verschwunden ist. Überzeugen Sie sich, hier hat er den letzten Schritt getan, wohin, zum Teufel, hat er die anderen Schritte gelenkt? Es fehlt doch jede weitere Spur!«

»Das sehe ich selber«, sagte der Kommissar trocken. »Was geht Sie das an, wohin er gegangen ist? War es einer aus Ihrem Hause? Oder vermissen Sie jemand? Nun, was kümmert Sie denn, wo er hingegangen ist?«

»Aber das muß sich doch aufklären lassen«, stammelte Herr Rybka. »Überlegen Sie, könnte er möglicherweise in seinen eigenen Fußstapfen zurückgekehrt sein?«

»Unsinn«, brummte der Kommissar, »wenn man rückwärts geht, macht man kürzere Schritte und tritt breitspuriger auf, um das Gleichgewicht zu behalten; außerdem hebt man die Beine nicht so hoch, folglich wird der Schnee mit den Absätzen verwischt. In diese Fußstapfen ist nur einmal getreten worden, überzeugen Sie sich doch, wie deutlich sie sind.«

»Wenn er also nicht zurückgegangen ist«, fragte Rybka verbohrt, *»wohin ist er dann verschwunden?«*

»Das ist doch seine Sache«, brummte der Kommissar. »Wenn er nichts verbrochen hat, haben wir kein Recht, uns in seine Angelegenheiten zu mischen. Da müßte schon eine Anzeige gegen ihn vorliegen; dann leiten wir natürlich eine Voruntersuchung ein ...«

»Aber kann denn überhaupt ein Mensch mitten auf der Straße plötzlich verschwinden?« fragte Rybka entsetzt.

»Erst einmal abwarten, mein Herr«, beruhigte ihn der Kommissar. »Wenn irgend jemand verschwindet, wird uns das von den Angehörigen bereits nach wenigen Tagen gemeldet, und dann forschen wir nach ihm. Solange er nicht vermißt wird, haben wir nichts damit zu tun. Das ginge zu weit.«

Herr Rybka fühlte in sich langsam Zorn aufsteigen. »Entschuldigen Sie«, entgegnete er ziemlich spitz, »ich meine, dafür *müßte* sich die Polizei interessieren, wenn sich ein friedlicher Spaziergänger plötzlich auf der Straße in Luft auflöst!«

»Diesem Spaziergänger ist doch nichts zugestoßen«, beruhigte ihn Kommissar Bartošek. »Keinerlei Spuren von einem Kampf – hätte ihn jemand überfallen oder beraubt, müßte doch eine ganze Anzahl von Fußstapfen zu sehen sein. – Tut mir leid, mein Herr, aber ich sehe keine Veranlassung, hier einzuschreiten.«

»Aber Herr Kommissar«, rief Herr Rybka und schlug die Hände über dem Kopf zusammen, »erklären Sie mir wenigstens ... Man steht wie vor einem Rätsel ...«

»Ja«, stimmte ihm Bartošek bei, »Sie haben gar keine Ahnung, Herr, wieviel Rätsel es auf der Welt gibt. Jedes Haus, jede Familie birgt ein Rätsel. Als ich hierherging, schluchzte dort drüben im Haus ein Weib. Rätsel, mein Herr, sind nicht unsere Angelegenheit. Wir werden bezahlt, um auf Ordnung zu achten. Oder glauben Sie, wir fahnden aus purer Neugierde nach einem Gauner? Wir fahnden nach ihm, um ihn einzusperren, denn Ordnung muß sein!«

»Sehen Sie«, stieß Rybka hervor. »Und Sie müssen doch zugeben, daß es nicht in Ordnung ist, wenn mitten auf der Straße einer – nehmen wir an, sich vom Erdboden erhebt. Oder doch?«

»Das kommt ganz darauf an, wie man es auslegt«, erklärte der Kommissar. »Die Polizeivorschrift lautet, bei Sturzgefahr in größerer Höhe muß der Betreffende angeschnallt sein. Wenn nicht, steht darauf Verwarnung und bei Nichteinhaltung Geldstrafe. – Wenn sich der Betreffende unwillkürlich in die Luft erhoben hat, hätte ihn der Polizist verwarnen müssen, damit er sich einen Gurt umschnallt; wahrscheinlich war gar kein Polizist in der Nähe«, sagte er entschuldigend, »sonst wären Fußabdrücke zu sehen. Es könnte auch sein, daß sich der Betreffende auf andere Weise entfernt hat, nicht?«

»Auf welche?«, fragte Rybka unvermittelt.

Kommissar Bartošek schüttelte den Kopf. »Schwer zu sagen. Vielleicht durch eine Art Himmelfahrt oder auf einer Jakobsleiter«, sagte er unbestimmt. »Eine Himmelfahrt könnte man als Entführung betrachten, wenn Gewalt angewendet worden ist; doch ich bin überzeugt, so etwas vollzieht sich meist mit Zustimmung des Betreffenden. Möglich, daß er fliegen konnte. Haben Sie noch nie geträumt, fliegen zu können? Man stößt sich mit beiden Füßen leicht vom Boden ab und schwebt ... Manche schweben wie ein Ballon; wenn ich im Traume fliege, muß ich mich fest mit den Füßen abstoßen, daran sind wahrscheinlich die schwere Uniform und der Säbel schuld. Es könnte also sein, daß der Mann plötzlich eingeschlafen ist und im Traum zu fliegen begann. Das ist auch nicht verboten, mein Herr. Trotzdem müßte ihn der Polizist in einer belebteren Straße verwarnen. Oder war es Levitation, die Spiritisten glauben doch an Levitation, und Spiritismus ist auch nicht untersagt. Mir hat ein gewisser Herr Baudiš erzählt, er habe mit eigenen Augen gesehen, wie ein Medium in der Luft schwebte. Wer weiß denn, was daran wahr ist.«

»Aber Herr Kommissar«, entgegnete Rybka tadelnd, »Sie werden das doch nicht ernstlich glauben. Das wäre doch eine grobe Verletzung der Naturgesetze ...«

Herr Bartošek zuckte traurig die Achseln. »Mein Lieber, haben Sie eine Ahnung, wie Menschen Gesetze und Verordnungen übertreten. Wenn Sie bei der Polizei wären, wüßten Sie Bescheid ...« Der Kommissar machte eine nicht mißzuverstehende Handbewegung. »Ich würde mich gar nicht wundern, wenn die Menschen auch die Gesetze der Natur übertreten. Das ist ein Pack, kann ich Ihnen nur verraten. Na, dann gute Nacht, es ist tüchtig kalt geworden.«

»Haben Sie nicht Lust, eine Tasse Tee bei mir zu trinken ... oder einen Sliwowitz?« schlug Herr Rybka vor.

»Warum nicht«, brummte der Kommissar schwermütig. »Sie wissen doch, in Uniform kann ich in kein Wirtshaus gehen. Deshalb finden Sie unter den Polizisten so wenig Trinker.«

»Rätsel ...«, setzte der Kommissar im Lehnstuhl nachdenklich das Gespräch fort, indem er den wegtauenden Schnee auf seinen Schuhen betrachtete, »neunundneunzig Menschen würden an der Spur im Schnee vorbeigehen und nichts daran finden. Wir selber beachten neunundneunzig Dinge nicht, die uns rätselhaft erscheinen. Wir ahnen ja nicht, was es alles auf der Welt gibt. Nur einige Dinge sind nicht rätselhaft. Zum Beispiel die Ordnung. Auch die Polizei ist nicht rätselhaft. Aber jeder Mensch, dem man auf der Straße begegnet, ist rätselhaft, da man seine Gedanken nicht kennt. Sobald er stiehlt, hört er schon auf, rätselhaft zu sein, weil wir ihn festnehmen. Dann wissen wir, was er treibt, und haben die Möglichkeit, ihn jederzeit durch so ein kleines Guckloch in der Tür zu beobachten. Sie wissen, was ich meine? Ich bitte Sie, diese Zeitungsleute schrieben zum Beispiel: ›Rätselhafter Leichenfund!‹ Was ist an einer Leiche schon rätselhaft? Sobald man sie uns einliefert, wird sie gemessen, fotografiert und seziert; wir kennen jeden Faden an ihr, wissen, was der Mensch zuletzt verspeist hat, woran er gestorben ist und so weiter; außerdem wissen wir, daß er wegen des Geldes ermordet wurde. Das liegt alles so klar und deutlich auf der Hand ...

Der Tee kann recht dunkel sein, Herr. Verbrechen sind alle klar; an ihnen erkennt man die Beweggründe. Rätselhaft ist, was Ihre Katze denkt, wovon Ihre Hausangestellte träumt oder warum Ihre Frau so in Gedanken versunken zum Fenster hinausstarrt. Alles ist rätselhaft, nur nicht die Straffälle; ein Kriminalfall ist ein umgrenztes Stück Wirklichkeit, ein Abschnitt, den wir genau beleuchten. Wenn ich mich bei Ihnen umschauen würde, könnte ich allerhand über Sie erfahren, aber ich schaue nur auf meine Stiefelspitzen, weil Sie mich dienstlich nichts angehen; gegen Sie liegt keine Anzeige vor«, fügte er noch hinzu und schlürfte den heißen Tee.

»Die Menschen haben so eine komische Vorstellung«, begann er kurz darauf von neuem, »daß die Polizei und insbesondere diese Geheimen sich für Rätsel interessierten. Wir

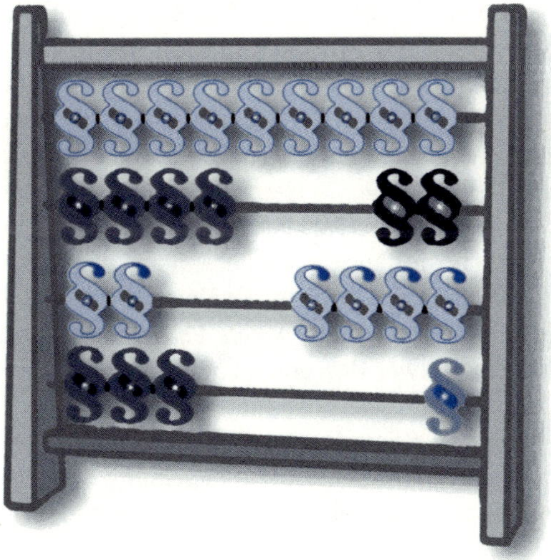

husten euch etwas, uns interessieren Übergriffe. Uns interessiert ein Verbrechen nicht, weil es rätselhaft ist, sondern weil es verboten ist. Wir fahnden nach einem Lumpen nicht aus intellektuellem Interesse, weil er rätselhaft ist, sondern um ihn im Namen des Gesetzes zu verhaften. Sie dürfen mir glauben, die Straßenkehrer laufen nicht mit dem Besen herum, um im Straßenstaub Spuren zu hinterlassen, sondern um die Schweinerei, die das Leben ringsherum anstellt, wegzuräumen. Ordnung ist keinesfalls rätselhaft. Ordnung halten bedeutet Viechsarbeit, mein Herr, und wer säubern will, muß seine Hände in Dreck stecken. Was wollen Sie, irgendeiner muß es doch tun«, sagte er grübelnd. »Genauso muß es Leute geben, die Jungtiere schlachten; Kälber aus Neugier töten wäre Roheit, das muß handwerklich betrieben werden. Wenn der Mensch die Pflicht hat, etwas zu tun, so weiß er, daß er auch das Recht dazu hat. Sehen Sie, die Gerechtigkeit muß wie das Einmaleins unanzweifelbar sein. Ich weiß nicht, ob Sie den Beweis erbringen könnten, daß *jeder* Diebstahl schlecht sei; aber ich beweise Ihnen, daß jeder Diebstahl verboten ist, indem ich Sie in jedem Falle verhafte. Wenn Sie auf der Straße Perlen ausstreuen, würde Sie der Polizist wegen Straßenverunreinigung verwarnen. Wenn Sie aber anfingen, Wunder zu tun, könnte Sie keiner daran hindern, wir würden es höchstens als öffentliches Ärgernis oder ungesetzmäßige Zusammenrottung betrachten. Es muß schon eine Ungehörigkeit dabeisein, wenn wir uns einmischen.«

»Aber Herr Kommissar«, sagte Rybka unruhig auf seinem Sessel, »genügt Ihnen denn das nicht? Hier geht es doch um ... um eine so merkwürdige Sache ... um etwas so Geheimnisvolles ... und Sie ...« Herr Bartošek zuckte die Schultern. »Und ich lasse die Sache schwimmen. Wenn Sie wünschen, lasse ich die Fußstapfen beseitigen, damit Sie ruhig schlafen. Mehr kann ich nicht für Sie tun. Hören Sie nichts? Keine Schritte? Da kommt unsere Polizeistreife vorbei, es ist also genau zwei Uhr und sieben Minuten. Gute Nacht, mein Herr.«

Rybka geleitete den Kommissar vor die Haustür; in der Mitte der Straße war noch immer diese rätselhafte Spur im Schnee. Von der anderen Seite kam ein Polizist daher.

»Mimra«, rief der Kommissar, »haben Sie was Neues?«

Polizist Mimra grüßte. »Im großen und ganzen nichts, Herr Kommissar«, meldete er. »Vor Nummer siebzehn hat eine Katze geschrieen; ich habe an der Haustür geklingelt, damit man sie hineinläßt. Bei Nummer neun war die Haustür unverschlossen. An der Straßenbiegung ist das Pflaster aufgerissen worden, und man hat vergessen, ein rotes Warnlicht aufzustellen, beim Kaufmann Maršik hat sich ein Aushängeschild gelockert; man wird es morgen abnehmen, damit es keinem auf den Kopf fällt.«

»Ist das alles?«

»Das wäre alles«, meinte der Polizist Mimra. »Morgen früh wird man die Bürgersteige mit Sand bestreuen müssen, damit es keine Knochenbrüche gibt; eigentlich sollte man um sechs Uhr überall klingeln.«

»In Ordnung«, sagte Kommissar Bartošek. »Gute Nacht!« Herr Rybka drehte sich noch einmal um und blickte auf die Fußstapfen, die weiß Gott wohin führten. Aber dort, wo der letzte Stapfen war, befanden sich nun zwei stärkere Abdrücke der festen Dienststiefel des Polizisten Mimra, und von dort setzten sie sich in breiten und regelmäßigen Tritten der Reihe nach deutlich fort.

»Gott sei Dank«, atmete Rybka auf und legte sich zur Ruhe.

Arthur Conan Doyle

Der blaue Karfunkel

Ich hatte meinen Freund Sherlock Holmes am Morgen des zweiten Weihnachtstages besucht, um ihm ein frohes Fest zu wünschen. Ich fand ihn in einem purpurroten Schlafrock müßig auf dem Sofa, den Pfeifenständer zur Rechten und einen Stoß zerknüllter, offenbar frisch gelesener Zeitungen in seiner Reichweite. Neben dem Sofa stand ein hölzerner Stuhl, und an seiner Rückenlehne hing ein äußerst schäbiger, steifer Filzhut, so alt und abgetragen, daß er an einigen Stellen zerrissen war und seinem Besitzer keine Ehre machte. Ein Vergrößerungsglas und eine Pinzette, die auf dem Stuhlsitz lagen, ließen darauf schließen, daß der Hut zu Untersuchungszwecken hier hing.

»Sie sind beschäftigt«, sagte ich. »Störe ich?«

»Im Gegenteil. Ich freue mich über einen guten Freund, mit dem ich meine Resultate besprechen kann. Es handelt sich um einen ganz alltäglichen Fall.« Er wies mit dem Daumen in die Richtung des alten Hutes. »Aber im Zusammenhang damit gibt es ein paar Punkte, die nicht uninteressant und sogar lehrreich sind.«

Ich ließ mich in seinem Lehnstuhl nieder und wärmte mir die Hände an dem prasselnden Feuer, denn draußen herrschte klirrender Frost, und an den Fenstern wucherten üppig die Eisblumen.

»Ich nehme an«, bemerkte ich, »daß dieser Hut, so harmlos er auch ausschaut, mit einer mörderischen Geschichte zusammenhängt – daß er sozusagen den roten Faden darstellt, der Sie zur Lösung des Rätsels und zur Sühne des Verbrechens führen wird.«

»Nein, nein, nichts von Verbrechen«, sagte Holmes lachend. »Nur einer der wunderlichen kleinen Zwischenfälle, die sich ereignen, wenn vier Millionen Menschenwesen auf einem Fleck von einigen wenigen Quadratmeilen herumwuseln. Bei den Aktionen und Reaktionen eines so dichten Menschenschwarms muß man auf jede nur mögliche Kombination von Ereignissen gefaßt sein, und es wird zu manchem kleinen Problem kommen, das höchst bizarr und seltsam erscheint, ohne doch verbrecherisch zu sein. Das haben wir schon öfter erlebt.«

»So oft«, bemerkte ich, »daß von den letzten sechs Fällen, die ich meinen Aufzeichnungen hinzufügen konnte, drei absolut nichts mit dem Strafgesetz zu tun haben.«

»Eben. Sie denken an meinen Versuch, die Photographie von Irene Adler herauszubekommen, den eigentümlichen Fall von Miss Mary Sutherland und das Erlebnis mit dem Mann mit den entstellten Lippen. Nun, ich bezweifle nicht, daß auch diese kleine Affäre in die gleiche harmlose Kategorie fallen wird. Sie kennen doch den Dienstmann Peterson?«

»Gewiß.«

»Ihm verdanke ich diese Trophäe.«

»Das ist sein Hut?«

»Nein, nein, er hat ihn bloß gefunden. Der Besitzer ist unbekannt. Ich bitte Sie, den Hut nicht als übel mitgenommene Kopfbedeckung, sondern als Problemstellung zu betrachten. Aber zunächst, wie komme ich dazu? Nun, er traf am Weihnachtsmorgen in Begleitung einer prächtigen, fetten Weihnachtsgans hier ein, die augenblicklich zweifellos auf Petersons häuslichem Herd brutzelt. Die näheren Umstände sind die folgenden: In der Weihnachtsnacht kehrte Peterson, der bekanntlich ein sehr braver, ehrenwerter Mann ist, gegen vier Uhr morgens von einer kleinen Festlichkeit in seine Wohnung in der Tottenham Court Road zurück. Im Schein der Gaslaternen sah er vor sich einen anderen nächtlichen Spaziergänger: einen großen, mageren Mann mit leicht schwankendem Gang, über dessen Schulter eine weiße Gans herabbaumelte. An der Ecke der Goodge Street kam es zwischen diesem Mann und einem Trupp Rowdys zu einer Rauferei: Einer von den Burschen hatte dem Mann den Hut vom Kopf geschlagen, worauf der seinen Stock erhob, um sich zu verteidigen, und beim Ausholen unglücklicherweise ein Schaufenster hinter sich einschlug. Peterson eilte herbei, um dem Mann gegen seine Angreifer beizustehen; doch als nun dieser merkte, was er angestellt hatte, und noch dazu eine amtlich aussehende Gestalt in einer Art Uniform auf sich zulaufen sah, erschrak er dermaßen, daß er seine Gans fallen ließ und Fersengeld gab. Er verschwand in dem Labyrinth von winzigen Gäßchen jenseits der Tottenham Court Road. Die Rowdys verdrückten sich bei Petersons Auftreten ebenfalls, so daß er als unbestrittener Sieger im Besitz des Schlachtfelds und der Siegesbeute in Form dieses verbeulten Hutes und der untadeligsten Weihnachtsgans zurückblieb.«

»Die er doch sicher ihrem rechtmäßigen Eigentümer zurückerstattete?«

»Das, mein lieber Watson, ist der springende Punkt. Es stimmt, daß der Vogel am linken Bein ein Zettelchen mit der Inschrift ›Mrs. Henry Baker‹ trug, und es stimmt auch, daß hier im Hutfutter die Initialen ›H. B.‹ zu lesen sind. Doch da es in unserer guten Stadt viele tausend Bakers und viele hundert Henry Bakers gibt, dürfte es nicht leicht sein, unter ihnen den richtigen ausfindig zu machen.«

»Was hat Peterson also getan?«

»Da er weiß, daß mich auch das winzigste Problem interessiert, hat er mir noch am gleichen Morgen Hut und Gans herübergebracht. Die Gans konnten wir nur bis heute früh behalten, denn trotz der kalten Witterung war deutlich zu merken, daß man sie ohne weiteren Verzug verspeisen sollte. Der Finder trug sie also zu sich nach Hause, auf daß sie die irdische Bestimmung aller Gänse erfülle, während ich immer noch den Hut des Unbekannten aufbewahre, der um sein Weihnachtsmahl gekommen ist.«

»Hat er keine Verlustanzeige gemacht?«

»Nein.«

»Sie haben also gar keine Anhaltspunkte bezüglich seiner Person?«

»Nur soweit wir sie logisch folgern können.«

»Aus seinem Hut?«

»Genau.«

»Sie scherzen. Was für Schlüsse wollen Sie aus einem alten verbeulten Filzhut ziehen?«

»Hier ist meine Lupe. Sie kennen meine Arbeitsmethoden. Was würden Sie selbst für Schlüsse auf seine Persönlichkeit ziehen?«

Ich nahm das schäbige Ding in die Hand und drehte es ziemlich hilflos zwischen den Fingern. Es war ein ganz gewöhnlicher, schwarzer, runder, steifer Hut, eine sogenannte Melone, die durch langen Gebrauch heruntergekommen war. Das ursprünglich rote Seidenfutter war verfärbt und ausgebleicht. Es gab kein Fabriketikett, doch wie Holmes schon bemerkt hatte, waren die Initialen »H. B.« innen auf das Band gekritzelt. Man sah auch noch, daß am inneren Rand ein Gummiband zur Befestigung eines Kinnriemens angebracht gewesen war, doch es war nicht mehr vorhanden. Sonst sah ich nur, daß der Hut sehr staubig war und an vielen Stellen Sprünge und Flecken aufwies; anscheinend hatte man sogar versucht, die schlimmsten Flecken zu verbergen, indem man sie mit Tinte überschmierte.

»Ich kann beim besten Willen nichts sehen«, sagte ich, während ich den Hut kopfschüttelnd zurückgab.

»Im Gegenteil, Watson, Sie können alles sehen. Sie werten das Gesehene nur nicht aus und trauen sich nicht, logische Schlüsse daraus zu ziehen.«

»Dann erklären Sie mir bitte, was aus diesem Hut zu schließen ist.«

Holmes nahm den Hut in die Hand und betrachtete ihn mit dem eigentümlichen, nach innen gerichteten Blick, der für ihn charakteristisch ist. »Er ist vielleicht nicht so aufschlußreich, wie er sein könnte«, meinte er, »aber trotzdem liefert er einige eindeutige Hinweise sowie ein paar andere, die zumindest recht gute Schlußfolgerungen gestatten. Daß der Träger des Hutes ein gebildeter Mensch ist, springt natürlich sofort ins Auge. Ebenso deutlich ist zu sehen, daß es ihm in den letzten drei Jahren finanziell recht gut ging, daß er aber seit kurzem eine schwierige Zeit durchmacht. Früher besaß er eine gewisse Sorgfalt, doch die kommt ihm allmählich abhanden. Das weist auf einen moralischen Verfall hin und läßt, zusammen mit dem finanziellen Abstieg, auf irgendeinen ungünstigen Einfluß schließen: sehr wahrscheinlich trinkt er. Das mag auch der Grund dafür sein, daß seine Frau ihn offenbar nicht mehr liebt.«

»Aber, Holmes!«

»Immerhin hat er sich bis jetzt ein gewisses Maß an Selbstachtung bewahrt«, fuhr mein Freund fort, ohne meinen Widerspruch zu beachten. »Er folgt einer sitzenden Lebensweise, verläßt nur selten das Haus und ist ganz unsportlich. Dazu paßt, daß er ein Mann in mittleren Jahren ist und graumeliertes Haar hat, das er mit Zitronenpomade pflegt. Übrigens hat er es vor ein paar Tagen vom Friseur stutzen lassen. Auch können wir annehmen, daß er in seiner Wohnung kein Gas hat.«

»Jetzt machen Sie aber Witze, Holmes!«

»Nicht im geringsten. Ist es möglich, daß Sie nicht einmal jetzt, wenn ich Ihnen die fertigen Ergebnisse liefere, erkennen, wie ich zu ihnen gelangt bin?«

»Sicher bin ich besonders dumm, aber ich muß gestehen, daß ich Ihnen nicht folgen kann. Woraus schließen Sie zum Beispiel, daß der Mann ein gebildeter Mensch ist?«

Statt aller Antwort stülpte sich Holmes den Hut auf den Kopf. Er rutschte ihm glatt über die Stirn, bis auf den Nasenrücken hinunter. »Eine Frage des Rauminhalts«, bemerkte er. »Ein Mann mit einem großen Kopf muß auch etwas darin haben.«

»Und der finanzielle Niedergang?«

»Der Hut ist drei Jahre alt. Damals kamen die flachen, am Rande leicht aufgebogenen Krempen in Mode. Es ist ein Hut von erstklassiger Qualität. Sehen Sie sich mal das seidene Band und das solide Futter an. Wenn der Mann sich vor drei Jahren einen so teuren Hut leisten konnte und seither keinen anderen gekauft hat, muß er finanziell heruntergekommen sein.«

»Ja, das leuchtet mir irgendwie ein. Aber wie steht es mit dem moralischen Verfall und der mangelnden Sorgfalt des Mannes?«

Holmes lachte. »Hier ist die Sorgfalt«, sagte er und legte den Finger auf das Plättchen und die Öse der Sicherungsvorrichtung. »Normalerweise ist ein Hut nicht damit ausgestattet. Wenn der Mann eigens eine solche Sicherung bestellte, zeigt das ein ziemlich hohes Maß an Vorsorge; er ergriff besondere Maßnahmen, um sich gegen den Wind zu schützen. Da er sich aber nicht einmal die Mühe gemacht hat, das Band zu ersetzen, als es im Lauf der Zeit riß, dürfen wir wohl annehmen, daß er jetzt weniger fürsorglich ist als früher – was hinwiederum ein klarer Hinweis für das Nachlassen von Charakterstärke ist. Andererseits hat der Besitzer Versuche gemacht, die Flecken auf dem Hut zu verbergen; das deutet darauf hin, daß er seine Selbstachtung doch nicht völlig verloren hat.«

»Das klingt jedenfalls plausibel.«

»Meine weiteren Feststellungen: daß sein Haar angegraut ist und kürzlich geschnitten wurde und daß er Zitronenpomade benutzt, ergeben sich aus der näheren Prüfung des Hutfutters. Das Vergrößerungsglas zeigt eine große Zahl von glatt abgeschnittenen Haarstoppeln. Sie kleben am Stoff und riechen deutlich nach Zitronencreme. Wie Sie sehen, ist der Hut staubig, aber es ist nicht der sandige, graue Straßenstaub, sondern der flaumige, bräunliche häusliche Staub, was beweist, daß der Hut meist zu Hause hängt. Die dunklen Feuchtigkeitsflecken innen zeigen eindeutig, daß der Träger zum Schwitzen neigt, also körperlich nicht sehr fit sein dürfte.«

.»Aber seine Frau – Sie behaupten, sie liebt ihn nicht mehr.«

»Der Hut ist seit Wochen nicht gebürstet worden. Wenn ich Sie, mein lieber Watson, mit uraltem Staub auf dem Hut daherkommen sehe und Ihre Frau Sie so herumlaufen läßt, werde ich gleichfalls fürchten, daß Sie die Liebe Ihrer besseren Hälfte eingebüßt haben.«

»Er könnte doch Junggeselle sein?«

»Nein, die Gans sollte eine Friedensgabe für seine Frau sein. Denken Sie an den Zettel an ihrem Bein.«

»Sie haben wahrhaftig auf alles eine Antwort. Aber wie in aller Welt kommen Sie darauf, daß er in seinem Haus noch kein Gas hat?«

»Ein Talgfleck auf dem Hut oder sogar zwei – das kann Zufall sein. Wenn ich aber nicht weniger als fünf Talgflecken zähle, muß ich annehmen, daß sein Träger häufig mit heißem Talg in Berührung kommt – zum Beispiel abends mit dem Hut in der einen und einer tropfenden Kerze in der anderen Hand die Treppe hinaufsteigt. Jedenfalls stammen die Flecken nicht von einer Gasleitung. Sind Sie jetzt zufrieden?«

»Es ist zweifellos sehr scharfsinnig«, meinte ich lachend. »Da aber, wie Sie eben sagen, gerade jetzt kein Verbrechen verübt wurde und außer dem Verlust einer Weihnachtsgans kein Schaden entstanden ist, dürfte doch alles mehr oder weniger auf eine Verschwendung Ihrer Geisteskraft hinauslaufen.«

Sherlock Holmes wollte mir gerade antworten, als die Tür aufgerissen wurde, und der Dienstmann Peterson mit gerötetem Gesicht und der Miene eines gänzlich verblüfften Mannes ins Zimme stürzte.

»Die Gans, Mr. Holmes! Die Gans, Sir!« rief Peterson außer Atem.

»He, was ist mit ihr passiert? Ist sie aus der Bratpfanne auferstanden und durchs Küchenfenster davongeflattert?« Und Holmes drehte sich auf seinem Sofa um, um den aufgeregten Mann genauer zu betrachten.

»Schauen Sie, Sir! Sehen Sie nur! Das hat meine Frau in ihrem Kropf gefunden!« Und er hielt uns auf der flachen Hand einen glitzernden blauen Edelstein hin, kaum so groß wie eine Bohne, aber von einer solchen Reinheit und Leuchtkraft, daß er in der dunklen Höhlung der Hand wie ein elektrischer Funken blitzte.

Sherlock Holmes setzte sich kerzengerade auf und stieß einen leisen Pfiff aus. »By Jove, Peterson!« rief er. »Das ist wahrhaftig ein Fund! Wissen Sie auch, was für ein Stein das ist?«

»Ein Diamant, Sir! Ein kostbarer Edelstein! Er schneidet Glas entzwei, wie wenn's Kitt wäre!«

»Das ist mehr als ein kostbarer Stein, Peterson. Das ist *der* kostbare Stein.«

»Doch nicht der blaue Karfunkel der Countess of Morcar!«, entfuhr es mir.

»Doch, eben der. Ich kenne seine Größe und seine Form durch und durch, ich habe die Anzeige in den letzten Tagen in jeder Nummer der »Times« gelesen. Es ist ein absolutes Einzelstück, über dessen Wert man nur spekulieren kann, aber der ausgesetzte Finderlohn von tausend Pfund entspricht sicher kaum dem zwanzigsten Teil des Marktpreises.«

Der wackere Dienstmann sank mit einem Plumps auf den nächsten Stuhl und sah uns einen um den anderen entgeistert an.

»Das ist der offizielle Finderlohn. Ich weiß aber, daß sentimentale Erwägungen im Hintergrund stehen, die die Countess bewegen würden, notfalls ihr halbes Vermögen zu opfern, um den Stein wiederzufinden.«

»Wenn ich nicht irre, ist er im Hotel ›Cosmopolitan‹ verschwunden«, bemerkte ich.

»Sehr richtig, und zwar am 22. Dezember, also vor fünf Tagen. Ein gewisser John Horner, seines Zeichens Installateur, wurde beschuldigt, den Stein aus der Schmuckkassette der Gräfin entwendet zu haben. Die Beweise sprechen so nachdrücklich gegen ihn, daß der Fall vors Schwurgericht kommen wird. Ich glaube, hier habe ich einen Bericht über die Sache.« Er wühlte unter seinen Zeitungen und prüfte das Datum, bis er das gewünschte Blatt fand. Er glättete es und las die folgende Notiz vor:

»Juwelendiebstahl im Hotel ›Cosmopolitan‹. Gegen den Installateur John Horner, 26 Jahre alt, wurde Anklage erhoben, am 22. d.M. den unter dem Namen ›Blauer Karfunkel‹ bekannten kostbaren Edelstein aus der Schmuckkassette der Countess of Morcar entwendet zu haben. Mr. James Ryder, ein Angestellter des Hotels, gab als Zeuge an, er selbst habe am Tag des Diebstahls Horner in das Ankleidezimmer der Countess of Morcar geführt, wo eine locker gewordene Stange am Kamingitter festzulöten war. Er blieb eine Weile bei Horner, wurde dann aber weggerufen. Als er nach kurzer Zeit ins Ankleidezimmer zurückkam, war Horner verschwunden, die Kommodenschublade aufgebrochen, und das kleine Lederetui, in dem, wie es sich später herausstellte, die Gräfin das Schmuckstück zu verwahren pflegte, lag leer auf dem Toilettentisch. Ryder alarmierte augenblicklich die Polizei, und Horner wurde noch am gleichen Tag verhaftet, doch konnte der Stein weder bei ihm noch in seiner Wohnung gefunden werden. Die Zofe der Gräfin, Catherine Cusack, gab an, sie habe Ryders Schreckensschrei gehört, als er den Raub entdeckte, und sei eiligst in das Ankleidezimmer gelaufen, wo sie alles so vorfand, wie der erste Zeuge es schildert. Laut Bericht von Polizeiinspektor Bradstreet, Abteilung B, wehrte sich Horner verzweifelt gegen seine Verhaftung und beteuerte mit Nachdruck seine Unschuld. Da der Angeklagte bereits einschlägig vorbestraft ist, überwies der Polizeirichter den Fall an das Schwurgericht. Horner, der während des Prozesses die höchste Erregung zeigte, fiel bei Verkündung des Urteils in Ohnmacht und mußte aus dem Saal getragen werden.«

»Hm! Soweit die polizeiliche Untersuchung«, bemerkte Holmes gedankenvoll, während er die Zeitung beiseite legte. »Für uns ergibt sich jetzt das Problem, die Kette der Ereignisse zu verfolgen, die von einer geplünderten Schmuckkassette an einem Ende zu einem Gänsekropf in der Tottenham Court Road am anderen Ende führt. Wie Sie sehen, Watson, haben unsere kleinen Schlußfolgerungen mit einem Mal einen viel schwerwiegenderem und weniger harmlosen Charakter angenommen. Hier ist der Stein. Der Stein war in der Gans, und die Gans stammt von Mr. Baker, dem Herrn mit dem alten Hut und all den anderen Kennzeichen, mit denen ich Sie soeben gelangweilt habe. Wir müssen uns jetzt also ernsthaft ins Zeug legen, um diesen Herrn ausfindig zu machen und herauszufinden, welche Rolle er in unserer kleinen Scharade spielt. Wir wollen es zuerst auf die einfachste Weise versuchen, und die besteht fraglos aus einem Inserat in den Abendzeitungen. Wenn das nichts ergibt, werden wir andere Methoden anwenden.«

»Wie soll das Inserat lauten?«

»Bitte geben Sie mir den Bleistift und das Stück Papier dort. Also los! ›Gefunden Ecke Goodge Street eine Gans und ein steifer schwarzer Hut. Die Fundsachen werden an Mr. Henry Baker ausgehändigt, wenn er sich heute abend um halb sieben Uhr Baker Street, Nr. 221 B, einstellt.‹ Das ist kurz und klar.«

»Sehr gut. Aber wenn er es nicht liest?«

»Ich denke, er wird die Zeitungen im Auge behalten, denn der Verlust ist für einen armen Mann nicht gering. Offenbar war er über sein Mißgeschick mit der eingeschlagenen Schaufensterscheibe und über den Anblick von Peterson so erschrocken, daß er bloß an Flucht dachte; aber inzwischen hat er es sicher bereut, seinen Vogel einfach fallengelassen zu haben. Die Nennung seines Namens erhöht die Chance, daß er das Inserat vor Augen bekommt; denn jeder, der ihn kennt, wird ihn darauf aufmerksam machen. Peterson, da Sie gerade da sind, laufen Sie doch rasch zur Anzeigenannahme und lassen Sie dies hier in die Abendblätter setzen.«

»In welche, Sir?«

»Ach, sagen wir ›Globe‹, ›Star‹, ›Pall Mall‹, ›St. James's Gazette‹, ›Evening News‹, ›Standard‹, ›Echo‹ und alle, die Ihnen sonst noch einfallen.«

»Sehr wohl, Sir. Und was tu' ich mit dem Stein?«

»Ach ja, den Stein nehme ich wohl am besten in Verwahrung. Danke. Und hören Sie, Peterson, kaufen Sie auf dem Rückweg gleich eine Gans und bringen Sie sie zu mir. Wir müssen dem Herrn doch einen Ersatz für den Vogel liefern, den Ihre Familie sich gerade zu Gemüte führt.«

Als der Dienstmann verschwunden war, nahm Holmes den Stein und hielt ihn gegen das Licht. »Was für ein hübsches kleines Dingelchen«, sagte er. »Schauen Sie, wie er funkelt. Aber natürlich ist er ein Kern- und Brennpunkt von Verbrechen wie jeder kostbare Edelstein. Der Teufel besitzt keinen besseren Köder. Bei den altberühmten großen Juwelen kann man ruhig sagen, daß auf jede Facette eine Bluttat kommt. Dieser Stein ist noch keine zwanzig Jahre lang bekannt. Er wurde im Ufersand des Amoy-Flusses in Südchina gefunden und ist dadurch bemerkenswert, daß er alle Kennzeichen eines Granatsteins aufweist, bis darauf, daß er leuchtend blau statt rubinrot ist. Ungeachtet seiner Jugend hat er schon eine unheilvolle Geschichte hinter sich; um diese zwei, drei Gramm kristallisierten Kohlenstoff wurden zwei Morde, ein Selbstmord, ein Vitriolattentat und ein paar Raubüberfälle begangen. Wer sollte meinen, daß so ein niedliches Spielzeug die Menschen an den Galgen und ins Zuchthaus bringt? Jetzt schließe ich ihn hier in meinen Tresor ein, und dann schreibe ich unserer Countess, daß ihr Kleinod gefunden ist.«

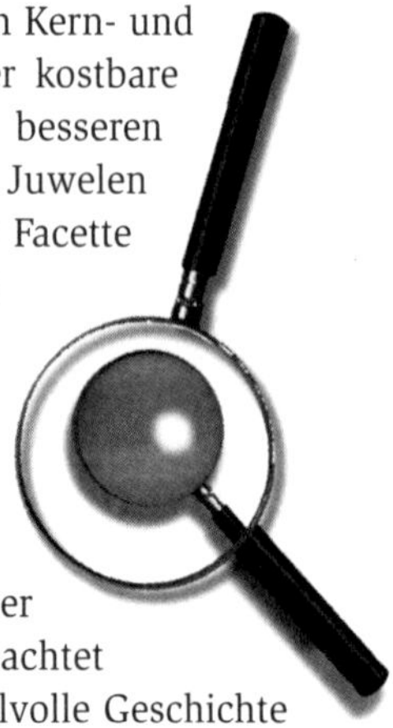

»Halten Sie diesen Horner für unschuldig?«

»Das weiß ich nicht.«

»Oder glauben Sie, daß der andere, dieser Henry Baker, etwas mit der Sache zu tun hat?«

»Auch das kann ich nicht sagen. Im Grunde halte ich es aber für wahrscheinlicher, daß Henry Baker ein völlig harmloser Mensch ist, der keine Ahnung hatte, daß seine Weihnachtsgans beträchtlich mehr wert war als ihr Gewicht in purem Gold. Falls wir eine Antwort auf unser Inserat bekommen, werde ich das mit Hilfe eines sehr einfachen Tests feststellen.«

»Und bis dahin können Sie nichts tun?«

»Gar nichts.«

»In dem Fall werde ich mich zu meinen Patienten verfügen, aber abends werde ich zur angegebenen Zeit wieder hier sein. Ich möchte doch wissen, wie Sie diese verzwickte Angelegenheit lösen werden.«

»Ich bin sehr froh, wenn Sie kommen. Ich esse um sieben, und wenn ich nicht irre, gibt es eine Waldschnepfe. Im Licht der jüngsten Vorfälle sollte ich Mrs. Hudson vielleicht bitten, ihren Kropf gründlich zu untersuchen!«

Ich wurde bei einem meiner Patienten aufgehalten, und es war einige Minuten nach halb sieben, als ich mich wieder in der Baker Street einfand. Beim Näherkommen sah ich in dem hellen Halbkreis, den das Licht im Haus auf den Bürgersteig warf, einen hochgewachsenen Mann mit einer Schottenmütze und einem bis zum Kinn zugeknöpften Mantel vor dem Haus warten. Gerade als ich kam, wurde die Tür geöffnet, und wir wurden zusammen in Holmes' Zimmer hinaufgeführt.

»Mr. Henry Baker, wie ich vermute –!« Holmes erhob sich aus seinem Armstuhl und begrüßte den Besucher mit der ungezwungenen Art, die er so natürlich an den Tag zu legen wußte. »Bitte hier ans Feuer, Mr. Baker. Nehmen Sie Platz. Es ist ein kalter Abend, und ich sehe, daß Ihr Körper mehr auf Sommertemperaturen eingestellt ist. – Sie kommen gerade rechtzeitig, Watson! Mr. Baker, ist das Ihr Hut?«

»Ja, Sir, das ist er.«

Mr. Baker war ein großer Mann mit runden Schultern, einem mächtigen Schädel und einem breiten, intelligenten Gesicht, das in einen graumelierten Spitzbart auslief. Die rötliche Verfärbung von Nase und Wangen und das leichte Zittern seiner Hände erinnerten mich an Holmes' Mutmaßungen. Sein abgeschabter schwarzer Rock war bis zum Hals zugeknöpft, und die Handgelenke reckten sich, ohne daß man Hemdsärmel oder Manschette sah, lang aus den Ärmeln hervor. Er sprach bedächtig und wohlgesetzt, wählte seine Worte mit Sorgfalt und machte ganz allgemein den Eindruck eines durchaus gebildeten und belesenen Mannes, dem das Leben übel mitgespielt hat.

»Wir haben Ihre Sachen einige Tage hier aufbewahrt, weil wir dachten, Sie würden eine Verlustanzeige machen«, begann Holmes. »Eigentlich kann ich nicht verstehen, warum Sie nicht inseriert haben.«

Unser Besucher lachte etwas verlegen. »Das Geld klimpert mir nicht mehr so lustig in den Taschen wie einst«, erklärte er. »Ich dachte, die Raufbolde, die mich überfallen haben, hätten sich mit Gans und Hut davongemacht. Ich wollte ihnen nicht noch mein gutes Geld nachwerfen.«

»Sehr begreiflich. Übrigens, was den Vogel betrifft: Ihre Gans mußten wir essen.«

»Was! Sie haben sie gegessen!« Unser Gast sprang vor Schreck halb von seinem Stuhl auf.

»Ja, es war höchste Zeit. Aber ich darf wohl hoffen, daß die Gans dort auf der Anrichte, die ungefähr gleich schwer und tadellos frisch ist, Ihnen ebensogut munden wird.«

»O natürlich, natürlich!« rief Mr. Baker, sichtlich erleichtert.

»Wir haben aber noch die Federn, die Beine, die Gurgel von Ihrem Vogel, und wenn Sie wünschen ...«

Mr. Baker lachte herzlich. »Sie wären allenfalls als Andenken meines Abenteuers interessant«, sagte er, »doch abgesehen davon wüßte ich nicht, wozu mir die *disiecta membra* der Frühverschiedenen nutzen sollten. Nein, Sir, mit Ihrer gütigen Erlaubnis werde ich mich an den stattlichen Vogel halten, den ich dort auf dem Tisch sehe.«

Sherlock Holmes warf mir einen bedeutsamen Blick zu und zuckte fast unmerklich mit den Schultern.

»Hier ist also Ihr Hut und hier Ihr Federvieh«, sagte er. »Könnten Sie mir übrigens verraten, wo Sie die andere Gans gekauft haben? Ich bin selbst ein großer Freund der Geflügelzucht, und ich glaube, selten ein prächtigeres Exemplar gesehen zu haben.«

»Aber gern, Sir.« Baker war aufgestanden und nahm dabei sein wiedererlangtes Eigentum unter den Arm. »Einige von uns verkehren im ›Alpha Inn‹ neben dem Museum – tagsüber sind wir selbstverständlich im Museum zu finden. Dieses Jahr hat unser braver Wirt, Windigate ist sein Name, einen Gänseclub gegründet. Durch Einzahlung von einigen Pence pro Woche sollte jeder von uns zu einem Weihnachtsbraten kommen. Nun, meine Pence wurden pünktlich bezahlt, und den Rest wissen Sie. Ich bin Ihnen sehr dankbar, Sir, denn diese Schottenmütze hier ist weder meinen Jahren noch meiner durchaus ernsten Lebenshaltung angemessen.« Er verbeugte sich mit drolliger Würde und ging seines Weges.

»Damit wäre also Mr. Henry Baker aus dem Spiel«, sagte Holmes, nachdem er die Tür hinter ihm geschlossen hatte. »Er weiß bestimmt nichts von der Geschichte. Haben Sie Hunger, Watson?«

»Nicht besonders.«

»Dann würde ich vorschlagen, daß wir das Dinner auf später verschieben und unserer Fährte folgen, solange sie heiß ist.«

»Unbedingt.«

Wir schlüpften in unsere schweren Ulstermäntel und wickelten uns Wollschals um den Hals, denn es war eine bitterkalter Abend. Die Sterne funkelten hell am wolkenlosen Himmel, und der Atem der Passanten stieg wie Pulverrauch von Pistolenschüssen in die Luft. Unsere Schritte klangen hart und laut auf dem Straßenpflaster, als wir nun durch das Ärzteviertel, Wimpole Street, Harley Street und weiter durch die Wigmore Street in die Oxford Street eilten. Nach einer Viertelstunde waren wir in Bloomsbury, im »Alpha«, einem kleinen Pub an der Ecke einer der Straßen, die nach Holborn hinunterführen. Holmes stieß die Tür zur *Private Bar* auf und bestellte bei dem rotgesichtigen, weißbeschürzten Wirt zwei Bier.

»Wenn Ihr Bier so gut ist wie Ihre Gänse, dann muß es ausgezeichnet sein«, sagte er.

»Meine Gänse?« Der Mann schien baß erstaunt.

»Ja. Ich habe mich gerade erst vor einer halben Stunde mit Mr. Henry Baker unterhalten, der ein Mitglied Ihres Gänseclubs ist.«

»Aha, ich verstehe. Aber wissen Sie, Sir, das sind nicht unsere eigenen Gänse.«

»Nein? Woher stammen sie denn?«

»Diese zwei Dutzend hatte ich bei einem Geflügelhändler auf dem Markt von Covent Garden gekauft.«

»Welcher war es? Ich habe ein paar Bekannte darunter.«

»Breckinridge heißt er.«

»Nein, den kenne ich nicht. Na, auf Ihr Wohl, Herr Wirt, und viel Glück für Ihr Geschäft! Guten Abend.«

»Jetzt auf zu Mr. Breckinridge!«, fuhr Holmes fort, indem er den Mantel zuknöpfte und wir wieder in die eisige Kälte hinaustraten. »Vergessen Sie nicht, Watson: obwohl an einem Ende unserer Kette ein so schlichtes, harmloses Wesen wie eine Gans baumelt, hängt am anderen Ende ein Mensch, dem unfehlbar sieben Jahre Gefängnis drohen, wenn es uns nicht gelingt, seine Unschuld zu beweisen. Allerdings könnten unsere Nachforschungen seine Schuld auch erhärten. Jedenfalls befinden wir uns durch einen einzigartigen Glücksfall auf einer Fährte, die von der Polizei übersehen wurde. Folgen wir bis zum bitteren Ende der Spur. Also los, Augen rechts und marsch!«

Wir durchquerten Holborn, gingen die Endell Street hinunter und gelangten durch ein Labyrinth von erbärmlichen Gassen und Gäßchen schließlich zum Markt von Covent Garden. Einer der größten Stände trug den Namen Breckinridge. Der Inhaber, ein Mann mit einem Pferdegesicht, scharfen Augen und sauber gestutzten Koteletten, war gerade dabei, mit Hilfe eines Burschen die Läden herunterzuziehen.

»Guten Abend, Sir. Kalt ist's heute«, begann Sherlock Holmes.

Der Händler nickte und warf meinem Freund einen fragenden Blick zu.

»Wie ich sehe, haben Sie alle Gänse verkauft«, fuhr Holmes fort und zeigte auf die leere Marmorplatte.

»Morgen früh um fünf können Sie fünfhundert Stück haben.«

»Das nützt mir heute abend nichts.«

»Keine Sorge – da drüben, an dem Stand mit dem Gaslicht, gibt es noch welche.«

»Ihre Gänse sind mir aber ganz besonders empfohlen worden.«

»So? Von wem denn?«

»Er ist der Wirt vom ›Alpha Inn‹.«

»Richtig, dem habe ich kürzlich zwei Dutzend geliefert.«

»Und es waren prächtige Vögel. Woher beziehen Sie die?«

Zu meinem Erstaunen erregte die Frage den Zorn des Händlers. Er warf aggressiv den Kopf zurück und stemmte die Arme in die Hüften.

»Was soll das jetzt wieder heißen, Mister? Sagen Sie mir lieber geradeheraus, wo Sie hinauswollen!«

»Ich sage es ja geradeheraus: Ich wüßte gern, woher die Gänse stammen, die Sie dem ‹Alpha› geliefert haben.«

»Aha. Und ich werde es Ihnen nicht sagen. Ist das klar?«

»Es ist nun wahrhaftig nicht wichtig, aber ich verstehe nicht, warum Sie sich über eine so harmlose Frage aufregen.«

»Sie würden sich auch aufregen, wenn man Sie immer und immer mit Fragen belästigte! Wenn ich gute Ware für gutes Geld liefere, sollte die Sache doch wohl in Ordnung sein. Aber nein, da geht's die ganze Zeit: ‹Wo sind die Gänse? Wem haben Sie die Gänse verkauft?› Oder gar: ‹Wieviel Geld wollen Sie für die Gänse?› Wahrhaftig, als ob's keine anderen Gänse auf der ganzen Welt gäbe!«

»Ich jedenfalls habe nichts mit irgendwelchen anderen Leuten zu tun, die nach den Gänsen fragen«, erwiderte Holmes gleichgültig. »Wenn Sie's uns nicht sagen wollen, kann ich meine Wette eben nicht gewinnen, das ist alles. Aber ich verstehe was von Geflügel und bin jederzeit bereit, für meine Meinung einzustehen. Ich habe einen Fünfer darauf gewettet, daß diese Gänse auf dem Land gemästet wurden.«

»Dann haben Sie Ihren Fünfer verloren, Mister, denn sie stammen aus einer Londoner Zucht!« rief der Händler.

»Das kann nicht stimmen!«

»Stimmt aber doch!«

»Ich glaube es nicht!«

»Meinen Sie vielleicht, Sie verstehen mehr von Geflügel als ich, der ich von Kindesbeinen an damit umgehe? Und ich erkläre Ihnen, die Gänse, die ich dem ›Alpha‹ verkauft habe, sind hier in London aufgezogen.«

»Das werden Sie mir nie einreden!«

»Wollen Sie wetten?«

»Damit würde ich Ihnen bloß Ihr Geld aus der Tasche ziehen, weil ich weiß, daß ich recht habe. Aber gut, ich setze einen Sovereign – bloß um Ihnen zu zeigen, daß man nicht so stur sein soll.«

Der Händler lachte grimmig auf. »Bring mir die Bücher, Bill!« rief er.

Der Junge brachte ein Heft und ein großes, dickes, von Fettflecken strotzendes Geschäftsbuch und legte nun beide unter die Hängelampe, die über der Marmorplatte des Verkaufstisches baumelte.

»Na also, Mister Todsicher«, sagte der Händler. »Ich dachte, ich hätte meine Gänse ausverkauft, aber es scheint noch ein Gänserich hier zu sein ... Sehen Sie dieses Heft?«

»Ja – und?«

»Das ist mein Lieferantenverzeichnis. Also schauen Sie her: hier auf dieser Seite stehen die Namen meiner Lieferanten vom Land, und die Nummer dahinter gibt an, auf welcher Seite des großen Buchs jeweils ihr Konto zu finden ist. Und auf dieser nächsten Seite stehen die Namen der Londoner Geflügelzüchter ... jetzt lesen Sie mir einmal den dritten Namen von oben vor.«

»Mrs. Oakshott, 117 Brixton Road, Nr. 249«, las Holmes.

»Richtig. Jetzt schlagen Sie mal das im Hauptbuch auf.«

Holmes tat es und las: »Mrs. Oakshott, 117 Brixton Road, Eier und Geflügel.«

»Aha. Und wie lautet die letzte Eintragung auf dem Konto?«

»22. Dezember. 24 Gänse à 7s. 6d.«

»Genau. Und was steht darunter?«

»Verkauft an Mr. Windigate, ›Alpha‹, zu 12s.«

»Stimmt ebenfalls. Und was sagen Sie jetzt dazu?«

Sherlock Holmes machte ein äußerst betretenes Gesicht. Er zog einen Sovereign aus der Tasche und warf ihn auf den Tisch. Dann drehte er sich auf dem Absatz um und ging mit der Miene eines Mannes, den die ganze Welt anödet. Ein paar Meter weiter blieb er unter einer Gaslaterne stehen und brach in das lautlose herzliche Lachen aus, das für ihn so typisch war.

»Wenn Sie einem Mann mit so geschnittenen Koteletten begegnen, aus dessen Tasche ein Eckchen des offiziellen Rennprogramms hervorguckt, können Sie ihn immer bei seiner Wettlust packen«, belehrte mich Holmes. »Wahrhaftig, wenn ich hundert Pfund auf den Tisch gelegt hätte, hätte er mir nicht so umfassend Auskunft gegeben wie auf die bloße Idee hin, daß er mich mit einer Wette übers Ohr hauen kann! Nun, Watson, ich glaube, wir nähern uns dem Ende unserer Suche. Jetzt müssen wir uns bloß entscheiden, ob wir noch heute zu Mrs. Oakshott gehen oder ob wir sie uns für morgen aufheben. Nach allem, was dieser kraftstrotzende Kerl gesagt hat, scheint es klar, daß sich außer uns noch andere für die Sache interessieren, und ich würde ...«

Seine Worte wurden durch ein lautes Gebrüll unterbrochen, das sich hinter uns erhob. Als wir uns umdrehten, sahen wir vor dem Stand, den wir soeben verlassen hatten, einen kleinen Mann mit einem rattenähnlichen Gesicht im gelben Lichtkreis der Hängelampe stehen, gegen den Breckinridge wütend die Fäuste schüttelte.

»Jetzt habe ich aber genug von euch und euren Gänsen!« schrie er. »Zum Teufel mit euch allen! Ich hetze den Hund auf jeden, der mich noch weiter mit diesem blöden Gerede belästigt! Wenn Sie Lust haben, bringen Sie Mrs. Oakshott her, und ich werde ihr Auskunft geben. Was haben Sie damit zu tun? Habe ich die Gänse von Ihnen gekauft?«

»Nein, aber eine davon hat mir trotzdem gehört!« jammerte der kleine Mann.

»Dann fragen Sie Mrs. Oakshott, wo sie geblieben ist.«

»Sie sagt, ich sollte mich an Sie wenden ...«

»Von mir aus wenden Sie sich an den Alten Fritz! Ich hab' genug davon. Hauen Sie endlich ab!« Er ging mit grimmiger Gebärde auf das Männchen los, das erschrocken retirierte und in der Dunkelheit verschwand.

»Na – das könnte uns den Besuch in der Brixton Road ersparen!« flüsterte Holmes. »Kommen Sie, wir wollen sehen, was mit dem Kerl zu machen ist.« Er durchquerte mit langen Schritten die Gruppen, die sich noch hie und da um die beleuchteten Stände drängten, holte den kleinen Mann ein und tippte ihm auf die Schulter. Der fuhr erschrocken zusammen. Im Schein der Gaslaternen war zu sehen, daß sein Gesicht aschfahl geworden war.

»Wer sind Sie? Was wollen Sie?« stammelte er mit zitternder Stimme.

»Entschuldigen Sie bitte«, erwiderte Holmes in höflichem Ton, »aber ich habe unwillentlich Ihr Gespräch mit dem Geflügelhändler mitgehört, und ich glaube, ich könnte Ihnen behilflich sein.«

»Sie? Wer sind Sie überhaupt? Was können Sie von der Sache wissen?«

»Mein Name ist Sherlock Holmes. Es ist mein Beruf, zu wissen, was sonst niemand weiß.«

»Aber davon können Sie doch nichts wissen?«

»Mit Verlaub, ich weiß darüber alles. Ihre Nachforschungen gelten den Gänsen, die von Mrs. Oakshott in der Brixton Road dem Geflügelhändler Breckinridge und von diesem dem Wirt Windigate vom ›Alpha Inn‹ verkauft wurden, der sie seinerseits seinem Club zur Verfügung stellte, dessen Mitglied Mr. Baker ist.«

»O Sir, Sie sind genau der Mann, den ich brauche!« rief der kleine Kerl mit ausgestreckten Armen und bebenden Fingern. »Ich kann Ihnen gar nicht sagen, wie wichtig mir diese Sache ist!«

Sherlock Holmes winkte einen vorüberfahrenden Zweispänner herbei. »In dem Fall werden wir in einem geheizten Zimmer gemütlicher darüber reden als hier in Wind und Kälte«, sagte er. »Doch bevor wir weitergehen, sagen Sie mir bitte, wem ich zu meiner Freude behilflich sein kann.«

Der Mann zögerte kaum merklich. »Mein Name ist John Robinson«, antwortete er mit einem scheuen Seitenblick.

»Nein, nein, ich meine jetzt Ihren wirklichen Namen«, versetzte Holmes liebenswürdig. »Unter Pseudonym kann man doch keine guten Geschäfte machen.«

Eine leise Röte huschte über die bleichen Wangen des Fremden. »Also gut«, sagte er. »Mein wirklicher Name ist James Ryder.«

»Eben. Personalmanager im Hotel ›Cosmopolitan‹. Bitte steigen Sie ein, Mr. Ryder, und ich werde bald das Vergnügen haben, Ihnen alles, was Sie interessiert, mitzuteilen.«

Das Männchen ließ seinen Blick halb ängstlich, halb hoffnungsvoll zwischen uns hin und her schweifen, wie einer, der nicht sicher weiß, ob ihm ein Glücksfall oder eine Katastrophe zustößt. Dann stieg er ein, und eine halbe Stunde später waren wir wieder in der Baker Street. Während der Fahrt herrschte Schweigen, doch die hastigen, pfeifenden Atemzüge und das nervöse Gefuchtel unseres Fahrgasts zeigten, in welch innerer Spannung er sich befand.

»So, da wären wir!« rief Holmes munter, als wir das behaglich erwärmte Zimmer betraten. »Bei diesem Wetter ist so ein Feuer genau das Richtige. Sie sehen ganz verfroren aus, Mr. Ryder. Bitte nehmen Sie hier im Korbsessel Platz. Ich will nur noch rasch meine Hausschuhe anziehen, dann werden wir Ihre kleine Angelegenheit sofort erledigt haben. So, das hätten wir. Sie möchten also gern wissen, was aus den zwei Dutzend Gänsen geworden ist?«

»Ja, Sir.«

»Oder vielmehr aus der *einen* Gans. Ich nehme an, daß Sie an einem bestimmten Vogel interessiert sind – weiß, mit einem schwarzen Streifen quer über dem Stiez?«

Ryder bebte vor Aufregung. »O Sir!« rief er. »Sie können mir sagen, wo die Gans hingekommen ist!«

»Kann ich. Sie ist hierhergekommen.«

»Was? Hierher?«

»Jawohl, und hat sich als ein höchst bemerkenswerter Vogel entpuppt. Ihr Interesse überrascht mich gar nicht. Diese merkwürdige Gans hat nach ihrem Tode noch ein Ei gelegt – das niedlichste, glänzendste blaue Eilein, das man sich vorstellen kann. Ich habe es meinem kleinen Museum hier einverleibt.«

Unser Besucher richtete sich mühsam auf, und er mußte sich an das Kaminsims klammern. Holmes aber sperrte seinen Stahltresor auf und hielt den blauen Stein in die Höhe, der in seinem kalten, gleißenden Licht wie ein Stern funkelte. Ryder starrte ihn mit versteinerten Zügen an. Er wußte nicht, ob er sein Recht darauf geltend machen oder jeden Zusammenhang ableugnen sollte.

»Das Spiel ist aus, Ryder«, sagte Holmes ruhig. »Hoppla, mein Guter, aufgepaßt! Jetzt wären Sie um ein Haar ins Feuer gefallen! Helfen Sie ihm in seinen Stuhl zurück, Watson, unser Freund steht nicht fest auf den Füßen. Ist etwas schwächlich und hat offenbar nicht genug Blut in sich, um ungestraft ein Verbrechen zu begehen. Geben Sie ihm einen tüchtigen Schluck Brandy. So! Jetzt sieht er schon ein bißchen menschlicher aus. Herrje, was für eine erbärmliche Qualle der Mensch doch ist!«

Ryder war tatsächlich getaumelt, doch der Brandy brachte einen Hauch Farbe in sein bleiches Gesicht zurück. Nun saß er da und starrte angstvoll zu seinem Ankläger empor.

»Ich habe fast alle Glieder der Kette in der Hand und sämtliche Beweise, die ich brauche. Sie werden mir nicht mehr viel zu erzählen haben, aber ich pflege gern vollständige Klarheit zu schaffen. Sie hatten also von dem blauen Stein der Countess of Morcar gehört, Ryder?«

»Catherine Cusack hatte mir davon erzählt«, erwiderte Ryder mit krächzender Stimme.

»Aha, die Zofe von Mylady. Freilich, die Versuchung, auf einen Schlag zu solchem Reichtum zu kommen, war für Sie zu groß. Ihr sind schon bessere Männer als Sie erlegen, Ryder, aber Sie waren in Ihren Mitteln nicht allzu wählerisch. Mir scheint, Sie geben einen ganz erbärmlichen Bösewicht ab. Sie wußten, daß der junge Horner, der Klempner, schon einmal in so eine Sache verwickelt war und daß der Verdacht um so eher an ihm kleben würde. Wie haben Sie es also angefangen? Sie verursachten – mit Hilfe Ihrer Komplizin Cusack – einen kleinen Schaden im Ankleidezimmer der Lady und ließen den Mann kommen, um ihn zu reparieren. Sobald er fort war, plünderten Sie die Schmuckschatulle, schlugen Alarm und ließen den unglückseligen Menschen verhaften. Und dann ...«

Ryder warf sich auf die Knie und umklammerte die Beine meines Freundes. »Um Gottes willen, seien Sie barmherzig!« kreischte er. »Denken Sie an meinen alten Vater! Meine alte Mutter! Es würde ihnen das Herz brechen. Ich habe bisher noch nie etwas Unrechtes getan. Ich werde es nie wieder tun! Das schwöre ich! Ich will es auf die Bibel beschwören! Bringen Sie mich nicht vor Gericht! Um Gottes willen, bringen Sie mich nicht vor Gericht!«

»Setzen Sie sich wieder auf Ihren Stuhl!« befahl Holmes streng. »Jetzt können Sie wohl winseln und flehen. Aber der Gedanke, daß der arme Junge für ein Verbrechen büßen muß, das er nicht begangen hat, stört Sie überhaupt nicht.«

»Ich werde mich davonmachen, Mr. Holmes. Ich werde England verlassen, Sir. Dann wird dir Anklage gegen ihn von selbst zusammenbrechen.«

»Hm – darüber werden wir noch reden. Jetzt berichten Sie einmal wahrheitsgemäß, was weiter passiert ist. Wie kam der Stein in die Gans und die Gans auf den öffentlichen Markt? Aber sagen Sie die Wahrheit. Darin liegt Ihre einzige Chance.«

Ryder fuhr sich mit der Zunge über die trockenen Lippen. »Ich werde alles sagen, genau wie es sich abgespielt hat, Sir. Nachdem Horner verhaftet war, dachte ich, ich sollte den Stein möglichst bald fortschaffen. Es konnte der Polizei ja jederzeit einfallen, mich und mein Zimmer zu durchsuchen. Kein Platz im Hotel schien mir sicher genug. Ich ging weg, als hätte ich etwas zu besorgen, und geradewegs zu meiner Schwester. Sie ist mit einem gewissen Oakshott verheiratet und wohnt in der Brixton Road, wo sie Gänse mästet. Unterwegs sah ich in jedem Menschen, der mir zufällig begegnete, einen Polizisten oder Detektiv, und trotz der grimmigen Kälte kam ich schweißgebadet bei meiner Schwester an. Sie fragte ganz besorgt, warum ich so blaß bin, und ich sagte ihr, ich hätte mich über den Juwelenklau im Hotel aufgeregt. Dann ging ich auf den Hof hinaus, um meine Pfeife zu rauchen, und überlegte, was ich wohl am besten tun sollte.

Ein ehemaliger Freund von mir, ein gewisser Maudsley, der auf die schiefe Bahn geraten war, hat bis vor kurzem in Pentonville gesessen. Nachher hatten wir uns einmal zufällig auf der Straße getroffen und kamen irgendwie auf Diebe und Hehler und die Verwertung von Diebesbeute zu reden. Ihm konnte ich mich anvertrauen, denn ich wußte einiges über ihn. So beschloß ich, geradewegs zu ihm nach Kilburn zu fahren und ihn ins Vertrauen zu ziehen. Ich dachte, er könnte mir bei der Versilberung des Steins behilflich sein. Die Frage war nur, wie ich mitsamt dem Stein sicher zu ihm hinkommen sollte. Ich dachte an die Folterqualen, die ich auf dem Weg vom Hotel ausgestanden hatte. Jeden Moment konnte ich angehalten und durchsucht werden, mit dem Stein in der Westentasche ... Wie ich so an der Hofmauer lehnte und auf die Gänse starrte, die um meine Füße herumwatschelten, kam mir plötzlich die Idee, wie ich den besten Detektiv der Welt an der Nase herumführen könnte.

Meine Schwester hatte mir ein paar Wochen vorher gesagt, ich könne mir eine ihrer Gänse als Weihnachtsgeschenk aussuchen, und ich wußte, daß ich sie jederzeit beim Wort nehmen durfte. Ich wollte mir meine Gans gleich jetzt nehmen, damit sie mir meinen Stein sicher nach Kilburn brächte. Im Hof steht ein kleiner Bretterschuppen. Hinter den trieb ich eine der Gänse, ein großes, schönes Tier, schneeweiß, mit einem schwarzen Querstreifen über dem Stiez. Ich packte sie, zwängte ihr mit aller Gewalt den Schnabel auf und drückte ihr den Stein in den Schlund, so tief ich mit dem Finger hineinkam. Die Gans schluckte, und ich spürte den Stein durch die Gurgel gleiten und in ihrem Kropf landen. Aber das Vieh sträubte sich und schlug mit den Flügeln, und schon war meine Schwester da, um zu sehen, was es gäbe. Als sie mich anrief, riß sich das Tier plötzlich los und flatterte zu den anderen zurück.

›Du lieber Gott, was treibst du denn da, Jem?‹ sagt meine Schwester.

›Du hast mir doch eine Weihnachtsgans versprochen, sage ich. Ich wollte bloß sehen, wie fett sie sind.‹

›Für dich haben wir eine besonders schöne ausgesucht‹, sagt sie. ›Wir nennen sie *Jem's Bird*. Siehst du, die große weiße dort drüben. Wir haben im ganzen sechsundzwanzig Stück, eine für dich, eine für uns und zwei Dutzend zum Verkauf.‹

›Danke, Maggie‹, sage ich, ›aber wenn es dir recht ist, möchte ich lieber die, die ich vorhin in der Hand hatte.‹

›Die andere wiegt gut drei Pfund mehr‹, sagt sie. ›Wir haben sie extra für dich gemästet.‹

›Nimm's nicht übel, Maggie, aber ich möchte doch lieber die andere‹, sage ich. ›Ich würde sie gern jetzt gleich mitnehmen.‹

›Na, wie du willst‹, sagt sie ein bißchen sauer. ›Also, welche soll es sein?‹

›Die weiße dort, mit dem schwarzen Streifen, mitten in der Schar.‹

›Mir ist es egal‹, sagt sie. ›Du kannst sie gleich schlachten und mitnehmen.‹

Nun, ich tat es, Mr. Holmes, und schleppte das Vieh den ganzen Weg nach Kilburn. Ich erzählte meinem Kumpel, was ich getan hatte, denn bei ihm mußte man sich nicht zieren, und er wollte sich totlachen. Dann holte er ein Messer, und wir schlitzten die Gans auf. Da wurde mir, ich weiß nicht wie, denn von dem Stein war keine Spur zu sehen, und ich wußte sofort, daß ein wahnsinniger Irrtum vorgefallen war. Ich ließ die Gans liegen und fuhr, so schnell ich nur konnte, zu meiner Schwester zurück. Aber wie ich in den Hof komme, ist weit und breit keine Gans zu sehen.

›Wo ist dein Geflügel, Maggie?‹ rufe ich.

›Der Händler hat alle abgeholt.‹

›Welcher Händler?‹

›Breckinridge heißt er, in Covent Garden.‹

›Hattest du noch eine andere mit einem schwarzen Streifen auf dem Stiez, so wie die, die ich mir ausgewählthatte?‹

›Ja, Jem‹, sagt sie. ›Es waren zwei ganz gleiche Vögel. Ich konnte sie nie auseinanderhalten.‹

Da war mir natürlich alles klar, und ich lief, so schnell mich meine Füße trugen, zu diesem Breckinridge – aber er hatte die ganzen zwei Dutzend auf einmal verkauft und wollte mir partout nicht sagen, an wen. Sie haben ihn vorhin selbst gehört, und so hat er mir jedesmal geantwortet. Meine Schwester glaubt, daß ich im Begriff bin, den Verstand zu verlieren, und manchmal glaube ich es selber. Und jetzt – da stehe ich, ein überführter Dieb, und habe das Juwel, für das ich meinen ehrlichen Namen verkauft habe, kaum einmal gesehen! Gott helfe mir! Gott erbarme sich meiner!« Und er schlug die Hände vors Gesicht und brach in krampfhaftes Schluchzen aus.

Eine tiefe Stille folgte, unterbrochen nur von den keuchenden Atemzügen des Mannes und dem leisen Trommeln von Holmes' Fingerspitzen auf die Tischplatte. Dann stand mein Freund auf und öffnete die Tür.

»Gehen Sie!« sagte er.

»Was sagen Sie, Sir? Oh, der Himmel segne Sie!«

»Kein Wort weiter. Gehen Sie schon!«

Jedes weitere Wort war in der Tat überflüssig. Ryder stürzte zur Tür hinaus, rannte polternd die Treppe hinab, ließ die Haustür krachend ins Schloß fallen, und wir hörten, wie seine hastigen Schritte auf dem Straßenpflaster allmählich verhallten.

»Letzten Endes, Watson,« sagte Holmes und streckte die Hand nach der Shagpfeife aus, »werde ich ja nicht von der Polizei bezahlt, um ihre Fehler geradezubiegen. Wenn Horner in Gefahr wäre, stünde die Sache anders, aber da dieser Bursche nicht mehr gegen ihn aussagen kann, wird die Anklage zusammenbrechen. Ich glaube, ich mißachte da gerade ein Gesetz, aber vielleicht rette ich eine Seele. Der Mann, den wir eben noch vor uns hatten, wird garantiert kein Verbrechen mehr begehen. Zu tief ist ihm der Schreck in die Glieder gefahren. Würde man ihn jetzt ins Zuchthaus sperren, bekäme man nur einen Galgenvogel mehr. Außerdem haben wir jetzt Weihnachten, die Jahreszeit der Vergebung. Der Zufall hat uns ein ganz eigenartiges und weiß Gott nicht alltägliches Problem aufgegeben; wir haben geschafft, es zu lösen, und das ist Belohnung genug. Wenn Sie die Freundlichkeit hätten zu läuten, lieber Dr. Watson, könnten wir mit der Lösung eines neuen Falls beginnen, bei dem wieder ein Vogel die Hauptrolle spielt.«

Quellenverzeichnis

Gilbert Keith Chesterton, *Die Sternschnuppen*
Aus: ders., Detektivgeschichten. Die Einfalt des Pater Brown. Die Weisheit des Pater Brown. Übersetzt von Anne Uhde. Carl Hanser Verlag, München - Wien 1976. © Diogenes Verlag AG Zürich.

Dorothy L. Sayers, *Die Perlenkette.*
Eine Lord Peter Wimsey-Geschichte. Aus: dies., Das Bild im Spiegel. © für die deutsche Übersetzung von Otto Bayer: 1983 by Rowohlt Taschenbuch Verlag GmbH, Reinbek bei Hamburg.

Janet LaPierre, *Luminarias sind so schön weihnachtlich.*
Aus dem Amerikanischen von Cornelia Krutz-Arnold. © 1994 Janet LaPierre.

Egon Erwin Kisch, *Weihnachtsbescherung.*
Aus: ders., Gesammelte Werke in Einzelausgaben, Band 7: Marktplatz der Sensationen. Entdeckungen in Mexiko. Hrsg. von Bodo Uhse und Gisela Kisch. © Aufbau-Verlag Berlin und Weimar 1967.

Patricia Highsmith, *Eine Uhr tickt zu Weihnachten.*
Aus: dies., Nixen auf dem Golfplatz. Erzählungen. Aus dem Amerikanischen von Anne Uhde. © 1985 Diogenes Verlag AG Zürich.

Mary Higgins Clark, *Einmal Millionär sein.*
Aus: Tod unterm Tannenbaum. Droemer Knaur Verlag, München 1991.

Anne Perry, *Das Weihnachtsgeschenk.*
Aus: dies., Die letzte Königin. © 2000 der deutschen Übersetzung by Wilhelm Heyne Verlag. Ullstein Heyne List GmbH & Co. KG, München.

Karel Čapek, *Die Spur.*
Aus: ders., Aus der einen Tasche in die andere. Aus dem Tschechischen von Grete Ebner-Eschenhayn. © Paul Zsolnay Verlag Wien 1986.

Sir Arthur Conan Doyle, *Der blaue Karfunkel.*
Aus: The Strand Magazine, London Jan. 1892 (Neuübertragung)

Leider konnten nicht alle Rechteinhaber ermittelt werden. Der Verlag ist bereit, berechtigte Ansprüche angemessen zu vergüten.